瑞蘭國際

瑞蘭國際

最紮實好學的韓語入門學習書

# 一起來學 韓國語吧！

柳大叔、邱千育　著

進階

## 站在外國學習者立場、以韓國教學方式導入的韓語基礎教材

　　自從柳大叔來到台灣並從事教學工作，以及邱老師從事教學的經歷裡，經常從學生那裡聽到韓文字就是圈圈叉叉，或者是韓語文法好難這樣的話。

　　韓語和中文不同的地方是，韓語是由子音、母音組合而成的文字。此外，韓語和中文的文法、發音也都不相同。當然，書寫出來的樣子也不相同。正因為如此，在教韓語的過程中，發現學生們在學習的過程中遇到了很多問題，一部分的學生是在文法理解上經常遇到困難；另一部分的學生則是只有聽力很好，但無法正確寫下所聽到的東西。

　　為了克服這樣的問題，我們編寫了《一起來學韓國語吧！》這本教科書。這本書不只是由外國學習者的角度去講解文法和單字的教科書，同時也結合台灣與韓國的教學方式，並且包含了能夠強化聽力、寫作和閱讀的內容。

　　《一起來學韓國語吧！》分為「初級」與「進階」二冊，「初級」著重於「發音」、「自我介紹」、「簡易及常用句型應用」、「數字及相關量詞應用」、「敬語及謙讓語應用」、「現在式、過去式、未來式應用」等豐富的學習內容。至於「進階」，則著重於「時間相關句型應用」、「連接詞應用」、「脫落文法介紹」、「不規則變化介紹」、「進階文法句型應用」、「假設、能力、經驗句型應用」、「副詞相關句型應用」等多元的文法、句型應用。

　　此外，為了讓學習者在學完之後能夠參加韓語能力測驗，

在內容上也多加著墨。當然，以這本小小的書，要含蓋所有的內容並不是件容易的事情。「這樣子做的話就能將韓語學好嗎？」、「這樣子做的話就能夠讓使用中文的朋友們，在短時間內增進韓語能力嗎？」我們的確是歷經了很多的討論和很多的煩惱才完成這本書，而且，現在可以很有自信地說：「是的，用這本書，就能把韓語學好」。

在書中設定登場的人物，李明秀（男，上班族）是韓國人，而陳小玲（女，大學生）是台灣人。李明秀先生因為工作的關係來到台灣，並且和學習韓語的陳小玲小姐經由語言交換進而成為朋友。除了設定人物增加學習趣味外，本書還藉由各單元搭配文法重點的方式，製作了相關的會話內容。另外，也以台灣為背景設計了各種情況的對話，期盼讓學習者與實際生活運用有所連結。

事實上，目前在各大書店中有非常多優秀的韓語教科書，但這書仍有與眾不同之處。首先，為了能夠作為充分活用的教材，本套書（初級、進階）分為 40 課，並且每一課皆有對話、文法解說、單字整理、以及相關練習、綜合練習。其中最特別是每 5 課就有 1 個的綜合練習，它是配合已經學習過的文法，練習完成句子或小短文，同時可再一次複習已經學習的部分。

希望各位讀者堅持住，不放棄，能藉由此書將初級韓語內容學好，加油！最後衷心感謝給予此次出書機會的「瑞蘭國際出版」。

# 如何
# 使用本書

　　韓語發音該怎麼學，才能熟悉？要運用什麼樣的韓語句型，才能完美說出句子？又該如何才能跟韓國人暢所欲言呢？就讓《一起來學韓國語吧！》告訴您吧！

　　《一起來學韓國語吧！進階》全書分為二大部分：

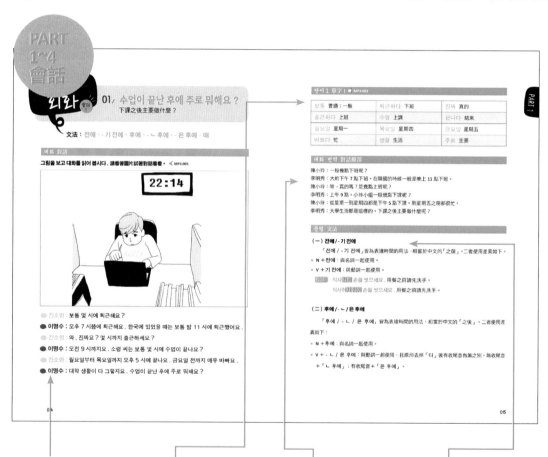

## 精選對話

作者依照課程學習主軸，設定會話場景，讓您應用所學句型套用至實境，輕輕鬆鬆學會如何用韓語交談。

## 實用單字

精選會話中的實用單字，只要搭配聆聽 MP3，便能有效達到記憶單字的效果。

## 對話翻譯

貼心附上對話的中文翻譯，讓您學習無負擔。

## 文法句型

每個文法句型，都有詳細解說，並列出例句及中文翻譯，讓您有效掌握文法規則及使用方法。

・PART 1 ～ 4「會話」：學習不同場景實用的會話，並認識會話當中的詞彙、句型

・全書最後的「附錄」：提供全書所有練習題解答及單字索引。

只要跟著本書逐步學習，便能學到最紮實豐富的基礎韓國語。

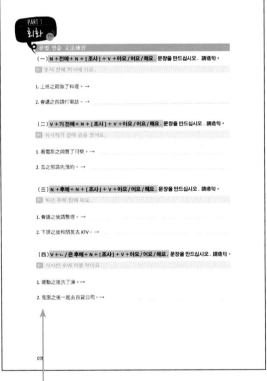

## 補充單字

除了會話中所出現的單字，在每一課的最後，還補充 15 個新詞彙，讓您逐步累積單字量。

## 文法練習

全書有豐富的練習題，除了能自我檢測學習效果，也可以複習所學內容，均衡提升韓語實力。

綜合整理

每一課最後還有單字、填空、聽力、造句練習,除了達到複習的功能,還能檢測自己的聽力、閱讀、寫作能力。

綜合練習

每一個 PART 最後皆有綜合練習。多樣化的練習題,幫您加強閱讀及寫作能力。

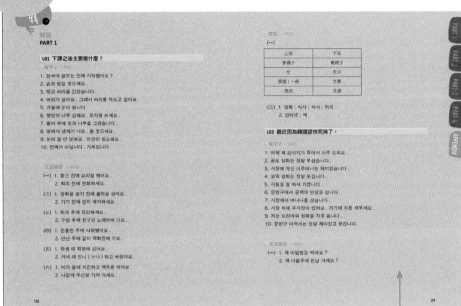

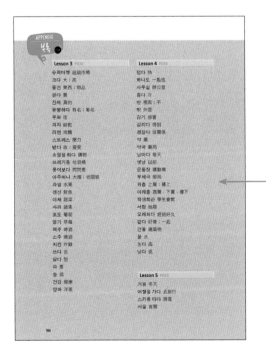

練習題解答

收錄各課單字聽力測驗原文、及各項練習題解答，讓您檢測學習成果。

單字索引

全書所出現的單字皆依每課做好整理，是您複習單字時的最佳幫手。

CONTENTS
# 目次

## PART 1
## 회화 會話 1

# CONTENTS 目次

**PART 3 회화** 會話3

## APPENDIX 부록 <sub>附錄</sub>

Memo

# PART 1
# 회화

會話
1

# PART 1 회화 會話 1

## 01. 수업이 끝난 후에 주로 뭐해요 ?
下課之後主要做什麼？

文法 : 전에、- 기 전에、후에、- ㄴ 후에、- 은 후에、때

### 대화 對話

**그림을 보고 대화를 읽어 봅시다 . 請看著圖片試著對話看看。** 🔊 MP3:001

● 진소령 : 보통 몇 시에 퇴근해요 ?

● 이명수 : 오후 7 시쯤에 퇴근해요 . 한국에 있었을 때는 보통 밤 11 시에 퇴근했어요 .

● 진소령 : 와 , 진짜요 ? 몇 시까지 출근하세요 ?

● 이명수 : 오전 9 시까지요 . 소령 씨는 보통 몇 시에 수업이 끝나요 ?

● 진소령 : 월요일부터 목요일까지 오후 5 시에 끝나요 . 금요일 전까지 매우 바빠요 .

● 이명수 : 대학 생활이 다 그렇지요 . 수업이 끝난 후에 주로 뭐해요 ?

## 단어 1 單字 1 🔊 MP3:002

| | | |
|---|---|---|
| 보통 普通；一般 | 퇴근하다 下班 | 진짜 真的 |
| 출근하다 上班 | 수업 上課 | 끝나다 結束 |
| 월요일 星期一 | 목요일 星期四 | 금요일 星期五 |
| 바쁘다 忙 | 생활 生活 | 주로 主要 |

## 대화 번역 對話翻譯

陳小玲：一般幾點下班呢？

李明秀：大約下午 7 點下班。在韓國的時候一般是晚上 11 點下班。

陳小玲：哇，真的嗎？是幾點上班呢？

李明秀：上午 9 點。小玲小姐一般幾點下課呢？

陳小玲：從星期一到星期四都是下午 5 點下課。到星期五之前都很忙。

李明秀：大學生活都是這樣的。下課之後主要做什麼呢？

## 문법 文法

### （一）전에 / - 기 전에

「전에 / - 기 전에」皆為表達時間的用法，相當於中文的「之前」。二者使用差異如下。

● N ＋전에：與名詞一起使用。

● V ＋기 전에：與動詞一起使用。

> 例如 식사 **전에** 손을 씻으세요 . 用餐之前請先洗手。
>
> 식사하**기 전에** 손을 씻으세요 . 用餐之前請先洗手。

### （二）후에 / - ㄴ / 은 후에

「후에 / - ㄴ / 은 후에」皆為表達時間的用法，相當於中文的「之後」。二者使用差異如下：

● N ＋후에：與名詞一起使用。

● V ＋ - ㄴ / 은 후에：與動詞一起使用，且原形去掉「다」後有收尾音有無之別。無收尾音 ＋「ㄴ 후에」；有收尾音＋「은 후에」。

例如 운동 후에 샤워하세요. 運動之後請洗澡。

운동한 후에 샤워하세요. 做運動之後請洗澡。

밥을 먹은 후에 숙제를 하세요. 吃飯之後請寫作業。

### （三）때／-ㄹ／을 때

「때／-ㄹ／을 때」皆為表達時間的用法，相當於中文的「的時候」。二者使用差異如下：

- N＋때：與名詞一起使用。

- V＋ㄹ／을 때：與動詞一起使用，且原形去掉「다」後有收尾音有無之別。無收尾音＋「ㄹ 때」；有收尾音＋「을 때」。

例如 수업 때 전화하지 마세요. 上課的時候請不要打電話。

수업할 때 전화하지 마세요. 上課的時候請不要打電話。

## 단어 2 單字 2 🔊 MP3:003

| 시작하다 開始 | 손 手 | 발 腳 |
|---|---|---|
| 씻다 洗 | 머리를 감다 洗頭 | 자르다 剪斷 |
| 냄새 味道 | 모자를 쓰다 戴帽子 | 양말을 신다 穿襪子 |
| 가짜 假的 | 안경 眼鏡 | 눈 眼睛；雪 |
| 그림을 그리다 畫畫 | 꽃 花 | 나무 樹木 |

**위의 단어를 보고 아래 빈 칸을 채우세요. 請將上面的單字填入以下的空格中。**

1. 한국어 공부는 언제 (　　　　) 았 / 었 / 했어요？什麼時候開始學韓國語？

2. (　　　　) 와 / 과 (　　　　) 을 / 를 씻으세요. 請洗手和腳。

3. 방금 (　　　　) 을 / 를 감았습니다. 剛剛洗了頭。

4. 머리가 길어요. 그래서 머리를 (　　　　) 고 싶어요. 頭髮長。所以想剪頭髮。

5. 겨울에 (　　　　) 이 / 가 옵니다. 冬天下雪。

6. 햇빛이 너무 강해요. 모자를 (　　　　) 으세요 / 세요. 陽光很強。請戴帽子。

7. 종이 위에 (　　　　) 와 / 과 (　　　　) 을 / 를 그렸습니다. 在紙上畫了花和樹木。

8. 발에서 냄새가 나요. 좀 (　　　　) 으세요 / 세요. 腳有味道。請洗腳。

9. 눈이 잘 안 보여요. (　　　　) 이 / 가 필요해요. 眼睛看不清楚。需要眼鏡。

10. 진짜가 아닙니다. (　　　　) 입니다. 不是真的。是假的。

---

MP3 를 들어 보고 따라합시다. 請聽聽 MP3 然後跟著做。 🔊 MP3:003

解答→ P138

## 문법 연습 文法練習

**（一）N＋전에＋N＋[조사]＋V＋아요/어요/해요.** 문장을 만드십시오. **請造句。**

例 9시 전에 회사에 가요.

1. 上班之前做了料理。→ _____

2. 會議之前請打電話。→ _____


**（二）V＋기 전에＋N＋[조사]＋V＋아요/어요/해요.** 문장을 만드십시오. **請造句。**

例 식사하기 전에 손을 씻어요.

1. 看電影之前買了可樂。→ _____

2. 去之前請先預約。→ _____


**（三）N＋후에＋N＋[조사]＋V＋아요/어요/해요.** 문장을 만드십시오. **請造句。**

例 퇴근 후에 집에 와요.

1. 會議之後請整理。→ _____

2. 下課之後和朋友去 KTV。→ _____


**（四）V＋ㄴ/은후에＋N＋[조사]＋V＋아요/어요/해요.** 문장을 만드십시오. **請造句。**

例 식사한 후에 이를 닦아요.

1. 運動之後洗了澡。→ _____

2. 見面之後一起去百貨公司。→ _____

（五）**N ＋때＋ N ＋ [ 조사 ] ＋ V ＋아요 / 어요 / 해요 . 문장을 만드십시오 . 請造句。**

例 점심 때 비빔밥을 먹어요 .

1. 學生的時候去了補習班。 → _____

2. 晚上的時候和姐姐吵架了。 → _____

（六）**V ＋ㄹ / 을 때＋ N ＋ [ 조사 ] ＋ V ＋아요 / 어요 / 해요 . 문장을 만드십시오 . 請造句。**

例 수업할 때 전화를 안 받아요 .

1. 下雨的時候吃炸雞和啤酒。 → _____

2. 出去的時候請帶雨傘去。 → _____

解答→ P138

정리 整理

**（一）다음 한국어 단어를 중국어로 쓰십시오 . 請寫出下列韓語單字的中文。**

| 韓文 | 中文 | 韓文 | 中文 |
|------|------|------|------|
| 출근하다 | 上班 | 퇴근하다 | |
| 양말을 신다 | | 모자를 쓰다 | |
| 바쁘다 | | 생활 | |
| 보통 | | 주로 | |
| 진짜 | | 머리를 감다 | |

**（二）MP3 를 듣고 빈 칸을 채우십시오 . 請聽下列 MP3 的對話，並填入適當的單字。** 🔊 MP3:004

1.

소령 : 우리 영화를 본 후에 무엇을 할까요 ?

명수 : 커피를 마셔요 .

소령 : 커피를 마시기 전에 밥부터 먹어요 .

명수 : 그래요 . 영화를 본 후에 식사해요 . 식사한 후에 커피를 마셔요 .

▶ 소령 씨와 명수 씨는 (　　　　　) 를 본 후에 (　　　　　) 를 합니다 . (　　　　　)
한 후에 (　　　　　) 를 마십니다 .

2.

소령 : 자기 전에 주로 무엇을 해요 ?

명수 : 주로 인터넷을 해요 . 소령 씨는요 ?

소령 : 저는 자기 전에 책을 읽어요 .

▶ 명수 씨는 자기 전에 주로 (　　　　　) 을 하지만 소령 씨는 자기 전에 (　　　　　) 을
읽습니다 .

解答→ P139

# 02 / 요즘 한국어 때문에 죽겠어요 .

最近因為韓國語快死掉了。

**文法 :** 왜、연결사

## 대화 對話

**그림을 보고 대화를 읽어 봅시다 . 請看著圖片試著對話看看。** 🔊 MP3:005

🔘 진소령 : 요즘 한국어 때문에 죽겠어요 .

⚫ **이명수 :** 왜요 ? 문법이 어려워요 ?

🔘 진소령 : 네 , 문법이 쉽지 않아서 가끔 포기하고 싶어요 .

⚫ **이명수 :** 포기하지 마세요 . 제가 옆에 있으니까 많이 어렵지 않을 거예요 .

🔘 진소령 : 명수 씨 덕분에 힘이 나요 .

⚫ **이명수 :** 고마워요 . 저도 열심히 중국어 공부를 해서 소령 씨와 중국어로 이야기
하고 싶어요 .

### 단어 1 單字 1 🔊 MP3:006

| 죽다 死 | 문법 文法 | 어렵다 困難 |
|---|---|---|
| 가끔 偶爾 | 포기하다 放棄 | 옆에 旁邊 |
| 많이 很；非常 | 덕분 託～的福 | 힘이 나다 有了力量 |
| 열심히 認真地；用心地 | | |

### 대화 번역 對話翻譯

陳小玲：最近因為韓國語快死掉了。

李明秀：為什麼？文法難嗎？

陳小玲：是的，因為文法不容易所以偶爾想要放棄。

李明秀：請不要放棄。因為有我在旁邊所以不會困難的。

陳小玲：託明秀先生的福有了力量。

李明秀：謝謝。我也會認真地學習中文然後想要和小玲小姐用中文説話。

### 문법 文法

#### （一）왜

相當於中文的「為什麼？」，有時也可以解釋為「幹嘛！」，後方可接續任何詞性。

例如 **왜** 한국어를 배워요？為什麼學韓語？

**왜** 만나요？為什麼見面？

**왜** 슬퍼요？為什麼難過？

#### （二）연결사 連接詞

韓語的連接詞有許多種，區分如下：

1. 때문에 / - 기 때문에

相當於中文的「因為～所以～」，用於連接有前後因果關係的句子。二者的差異如下：

● N ＋때문에：接續在名詞後方使用。

- V / Adj ＋기 때문에：接續在動詞或形容詞後方使用。

　例如　**회사 일 때문에 너무 바빠요 .** 因為公司的事情所以很忙。

　　　 **고추를 먹었기 때문에 배가 아파요 .** 因為吃了辣椒所以肚子痛。

　　　 **날씨가 춥기 때문에 감기 걸렸어요 .** 因為天氣冷所以感冒了。

## 2. - 아서 / 어서 / 해서

　　「그래서」的縮寫方式，相當於中文的「因為～所以～」或是「因為～然後～」。同樣用於連接有前後因果關係的句子，接續在動詞或形容詞後方使用，與「때문에 / - 기 때문에」可相互交換使用，為較口語的語氣。特別要注意的是，如果接續在有不規則變化的動詞或形容詞後方時，須先做不規則變化才能加上此連接詞。

　例如　**한국에 가서 친구를 만났어요 .** 去韓國然後見到了朋友。

　　　 **공포 영화를 봐서 잠을 못 자요 .** 因為看了恐怖電影所以睡不著。

## 3. - 니까 / 으니까

　　「그러니까」的縮寫方式，相當於中文的「因為～所以～」，用於連接有前後因果關係的句子。接續在動詞或形容詞後方使用，與「때문에 / - 기 때문에」和「- 아서 / 어서 / 해서」可相互交換使用，為較正式的語氣。特別要注意的是，如果接續在有不規則變化的動詞或形容詞後方時，須先做不規則變化才能加上此連接詞。

　例如　**한국에 가니까 전화하지 마세요 .** 因為去韓國所以請不要打電話。

　　　 **책을 읽으니까 조용히 하십시오 .** 因為在讀書所以請安靜。

## 4. - 고

　　為「그리고」的縮寫方式，相當於中文的「然後」或是「還有」，用於連接前後不一定相關的句子，接續在動詞或形容詞後方使用。

　例如　**학교에서 공부도 하고 숙제도 했어요 .** 在學校學習還有寫了作業。

　　　 **비빔밥을 먹고 영화를 봐요 .** 吃拌飯然後看電影。

## 5. - 지만

為「하지만」和「그렇지만」的縮寫方式，相當於中文的「雖然～但是～」，用於連接前後情況相反的句子，接續在動詞或形容詞後方使用。

例如　비가 오지만 오토바이를 타고 싶어요 . 雖然下雨但是想要騎機車。

배가 고프지만 밥을 안 먹어요 . 雖然肚子餓但是不吃飯。

## 6. - 라서 / 이라서

相當於中文的「因為是～所以～」，同樣意思的語法也可使用「- 니까 / 이니까」，二者可相互交換使用。固定接續在名詞後方使用。有收尾音時＋「이라서 / 이니까」；無收尾音時＋「라서 / 니까」。

例如　친구라서 만나고 싶어요 . = 친구니까 만나고 싶어요 . 因為是朋友所以想要見面。

좋은 책이라서 샀어요 . = 좋은 책이니까 샀어요 . 因為是好的書所以買了。

表達否定時，則用「- 이 / 가 아니라서」，相當於中文「因為不是～所以～」，同樣意思的語法也可使用「- 이 / 가 아니니까」，二者可互相使用，前方固定接續名詞。有收尾音時＋「이 아니라서 / 이 아니니까」；無收尾音時＋「가 아니라서 / 가 아니니까」。

例如　친구가 아니라서 만나고 싶지 않아요 . = 친구가 아니니까 만나고 싶지 않아요 .
因為不是朋友所以不想見面。

좋은 책이 아니라서 안 사요 . = 좋은 책이 아니니까 안 사요 . 因為不是好的書所以不買。

## 단어 2 單字 2 🔊 MP3:007

| 슬프다 難過；悲傷 | 기쁘다 開心 | 공포 恐怖 |
|---|---|---|
| 영화 電影 | 드라마 連續劇 | 무섭다 可怕 |
| 코믹 搞笑；滑稽 | 웃기다 搞笑；好笑 | 재미있다 有趣 |
| 앞 前面 | 뒤 後面 | 시장 市場 |
| 주차장 停車場 | 문방구 文具店 | 아주머니 大嬸；老闆娘 |

**위의 단어를 보고 아래 빈 칸을 채우세요. 請將上面的單字填入以下的空格中。**

1. 어제 제 강아지가 죽어서 아주 (　　　　) ㅏ / ㅓ요. 昨天我的小狗死掉了所以很難過。

2. (　　　　) 영화는 정말 무섭습니다. 恐怖電影真的很可怕。

3. 시장에 계신 (　　　　) 은 / 는 재미있습니다. 在市場的老闆娘很有趣。

4. (　　　　) 영화는 정말 웃깁니다. 喜劇電影真的很搞笑。

5. 시험을 잘 봐서 (　　　　) ㅂ니다 / 습니다. 因為考試考的好所以開心。

6. (　　　　) 에서 공책과 연필을 삽니다. 在文具店買筆記本和鉛筆。

7. (　　　　) 에서 바나나를 샀습니다. 在市場買了香蕉。

8. 시장 뒤에 (　　　　) 이 / 가 있어요. 거기에서 차를 세우세요.
   在市場後面有停車場。 請在那裡停車。

9. 저는 (　　　　) 와 / 과 영화를 자주 봅니다. 我常常看連續劇和電影。

10. 문방구 아저씨는 정말 재미있고 (　　　　) ㅂ니다 / 습니다.
    文具店老闆真的很有趣和搞笑。

---

MP3 를 들어 보고 따라합시다. 請聽聽 MP3 然後跟著做。 🔊 MP3:007

解答→ P139

문법 연습 文法練習

（一）왜＋N＋[조사]＋V＋아요/어요/해요? 문장을 만드십시오. 請造句。

例 왜 한국에 가요?

1. 為什麼吃拌飯呢？ → _____

2. 為什麼下星期要見面呢？ → _____

（二）N＋[조사]＋N＋때문에＋N＋[조사]＋V/Adj＋[겸양어]. 문장을 만드십시오.
請造句。

例 언니가 남자친구 때문에 머리가 아파요.

1. 朋友因為連續劇所以哭了。 → _____

2. 哥哥因為出差所以去了國外。 → _____

（三）N＋[조사]＋V/Adj＋기 때문에＋N＋[조사]＋V/Adj＋[겸양어].
문장을 만드십시오. 請造句。

例 어제 야근했기 때문에 오늘 너무 피곤해요.

1. 因為天氣冷所以穿了很多衣服。 → _____

2. 因為吃肉所以肚子飽。 → _____

（四）N＋[조사]＋V/Adj＋아서/어서/해서＋N＋[조사]＋V/Adj＋[겸양어].
문장을 만드십시오. 請造句。

例 한국에 가서 친구랑 만났어요.

1. 因為天氣冷所以穿了很多衣服。 → _____

2. 因為吃肉所以肚子飽。 → _____

（五）N ＋ [ 조사 ] ＋ V／Adj ＋니까 / 으니까＋ N ＋ [ 조사 ] ＋ V／Adj ＋ [ 겸양어 ].
　　 문장을 만드십시오 . 請造句。

例　한국에 가니까 한국 사람들을 만났어요 .

1. 因為天氣冷所以穿了很多衣服。 → _____

2. 因為吃肉所以肚子飽。 → _____


（六）N ＋ [ 조사 ] ＋ V／Adj ＋고＋ N ＋ [ 조사 ] ＋ V／Adj ＋ [ 겸양어 ]. 문장을 만드십시오 . 請造句。

例　어제 영화를 보고 옷을 샀어요 .

1. 吃飯然後喝咖啡。 → _____

2. 請關燈再睡覺。 → _____


（七）N ＋ [ 조사 ] ＋ V／Adj ＋지만＋ N ＋ [ 조사 ] ＋ V／Adj ＋ [ 겸양어 ]. 문장을 만드십시오 . 請造句。

例　친구는 잘 생겼지만 성격이 안 좋아요 .

1. 雖然韓國語難但是有趣。 → _____

2. 雖然天氣冷但是想吃冰淇淋。 → _____


（八）N ＋ [ 조사 ] ＋ N ＋라서 / 이라서＋ N ＋ [ 조사 ] ＋ V／Adj ＋ [ 겸양어 ]. ＝ N ＋ [ 조사 ]
　　＋ N ＋니까 / 이니까＋ N ＋ [ 조사 ] ＋ V／Adj ＋ [ 겸양어 ]. 문장을 만드십시오 . 請造句。

例　그 분이 교수라서 아는 것이 많아요 . ＝ 그 분이 교수니까 아는 것이 많아요 .

1. 因為男朋友是韓國人所以去了韓國。 → _____

2. 因為那個人是歌手所以歌唱得好。 → _____

**(九)** N＋[조사]＋N＋이／가 아니라서＋N＋[조사]＋V／Adj＋[겸양어]. ＝ N＋[조사] ＋N＋이／가 아니니까＋N＋[조사]＋V／Adj＋[겸양어]. 문장을 만드십시오. 請造句。

例 저는 한국 사람이 아니라서 한국어를 잘 못해요.
＝ 저는 한국 사람이 아니니까 한국어를 잘 못해요.

1. 因為這個不是草莓所以不想吃。→ _____

2. 因為哥哥不是上班族所以沒有錢。→ _____

解答→ P139

정리 整理

**(一) 다음 한국어 단어를 중국어로 쓰십시오. 請寫出下列韓語單字的中文。**

| 韓文 | 中文 | 韓文 | 中文 |
|------|------|------|------|
| 어렵다 | 困難 | 쉽다 | |
| 슬프다 | | 기쁘다 | |
| 웃기다 | | 무섭다 | |
| 포기하다 | | 주차장 | |
| 아주머니 | | 문방구 | |

**(二) MP3 를 듣고 빈 칸을 채우십시오. 請聽下列 MP3 的對話，並填入適當的單字。** 🔊 MP3:008

1.

소령 : 왜 중국어를 배워요?

명수 : 소령 씨하고 중국어로 대화하고 싶어서요.

소령 : 저는 한국말을 잘 해요. 한국어 문법은 어렵지만 재미있어요.

명수 : 소령 씨는 제가 있으니까 걱정하지 마세요.

▶ 명수 씨는 소령 씨와 중국어로 (          ) 하고 싶어서 중국어를 배웁니다.

▶ 소령 씨에게 한국어 문법은 (          ) 지만 (          ) 있습니다.

2.

소령 : 오늘 기분이 왜 안 좋아요? 무슨 일 있어요?

명수 : 네, 요즘 회사 일이 너무 많아서 피곤해요. 자고 싶어요.

소령 : 휴식이 중요해요.

▶ 명수 씨는 회사 일이 너무 (          ) 자고 싶습니다.

解答→ P140

PART 1 회화 會話1

## 03／ 여기서 쓰레기통을 팝니까 ?

這裡賣垃圾桶嗎 ？

**文法** ： '  ㄹ '  **탈락** （脱落 ） 、 '  ㅡ '  **탈락** （脱落 ）

### 대화 對話

**그림을 보고 대화를 읽어 봅시다 . 請看著圖片試著對話看看 。** 🔊 MP3:009

● **이명수** : 여기가 슈퍼마켓이에요 ? 정말 커요 .

● 진소령 : 이 슈퍼마켓은 한국 물건을 많이 팔아서 진짜 유명해요 .

● **이명수** : 우와 ! 한국 물건이 많아요 ! 과자도 있고 라면도 있어요 .

● 진소령 : 저는 스트레스를 받을 때 여기서 쇼핑을 해요 .

● **이명수** : 그래요 ? 저 쓰레기통이 필요해요 . 여기서 팔아요 ?

● 진소령 : 잠깐만요 . 제가 물어볼게요 . 아주머니 ! 여기서 쓰레기통을 팝니까 ?

## 단어 1 單字 1 🔊 MP3:010

| | | |
|---|---|---|
| 슈퍼마켓 超級市場 | 크다 大；高 | 물건 東西；物品 |
| 팔다 賣 | 진짜 真的 | 유명하다 有名；著名 |
| 우와 哇 | 과자 餅乾 | 라면 泡麵 |
| 스트레스 壓力 | 받다 收；接受 | 쇼핑을 하다 購物 |
| 쓰레기통 垃圾桶 | 물어보다 問問看 | 아주머니 大嬸；老闆娘 |

## 대화 번역 對話翻譯

李明秀：這裡是超級市場嗎？真大。

陳小玲：這個超級市場因為賣很多韓國東西所以真的很有名。

李明秀：哇！好多韓國的東西哦！有餅乾也有泡麵。

陳小玲：我有壓力時就會在這裡購物。

李明秀：這樣嗎？我需要垃圾桶。這裡有賣嗎？

陳小玲：等一下。我問問看。老闆娘！這裡有賣垃圾桶嗎？

## 문법 文法

### （一）'ㄹ' 탈락

　　「ㄹ」脫落。指單字的最後一個字的收尾音為「ㄹ」時，遇到以下情況會產生脫落或是變化。適用於所有收尾音為「ㄹ」的名詞、動詞及形容詞。

1. 當收尾音「ㄹ」後方為「아 / 어 / 해」時，「ㄹ」則無需脫落。

　例如　팔다＋아 / 어 / 해요 → 팔아요.

2. 當收尾音「ㄹ」後方為「ㄴ / ㄹ / ㅂ」開頭的連接詞、文法、語尾時，「ㄹ」則自行脫落，並且選擇使用無收尾音的連接詞、文法及語尾的方式。

　　而接續「ㄴ / ㄹ / ㅂ」開頭的連接詞、文法及語尾，有下列幾種情況，分別是「ㄴ / 은 / 는」、「ㄹ / 을 / 를」、「ㅂ / 읍 / 습」。

　例如　팔다＋ㅂ / 습니다 → 팝니다.

　　　　팔다＋ㄹ / 을 거예요 → 팔 거예요.

　　　　팔다＋ㄴ / 은 적이 있다 → 판 적이 있다.

3. 當收尾音「ㄹ」遇上後方為「-으-」開頭的連接詞、文法、語尾時,「ㄹ」無需脫落,但須選擇使用無收尾音的連接詞、文法、語尾的方式。

> 例如 팔다＋면/으면→팔면

### (二)　'ㅡ' 탈락

「ㅡ」脫落。當單字最後一個字的收尾音為母音「ㅡ」,後方遇「아/어/해」的「어」時,「ㅡ」會自行脫落,有以下二種情況:

1. 當原形去掉「다」後,只有一個字時,在「ㅡ」脫落後,仍須把「어」加上去。

> 例如 쓰다＋아/어/해요 → 써요.

2. 當原形去掉「다」後,不止只有一個字時,則須依照在「ㅡ」脫落後其前方字的母音,來決定加上「아」或是「어」。當前方字為陽性母音時＋「아」,當前方字為陰性母音時＋「어」。

> 例如 아프다＋아/어/해요 → 아파요.
>
> 　　　슬프다＋아/어/해요 → 슬퍼요.

## 단어 2 單字 2 🔊 MP3:011

| 과일 水果 | 생선 鮮魚 | 야채 蔬菜 |
|---|---|---|
| 사과 蘋果 | 포도 葡萄 | 딸기 草莓 |
| 맥주 啤酒 | 소주 燒酒 | 치킨 炸雞 |
| 쓰다 苦 | 달다 甜 | 파 蔥 |
| 술 酒 | 건강 健康 | 양파 洋蔥 |

**위의 단어를 보고 아래 빈 칸을 채우세요. 請將上面的單字填入以下的空格中。**

1. 과일에는 (          ) 하고 (          ) 하고 (          ) 이 / 가 있어요. 有蘋果和葡萄和草莓這些水果。

2. (          ) 에는 파하고 양파가 있어요. 有蔥和洋蔥這些蔬菜。

3. 치킨하고 (          ) 를 같이 드세요. 정말 맛있어요. 請一起吃炸雞和啤酒。真的很好吃。

4. 소주는 좀 (          ) ㅂ니다 / 습니다. 燒酒有點苦。

5. 과일은 쓰지 않고 (          ) ㅂ니다 / 습니다. 水果不苦是甜。

6. 술은 (          ) 에 좋지 않아요. 酒對健康不好。

7. (          ) 에는 고등어, 참치 등이 있습니다. 有青花魚和鮪魚這些鮮魚。

8. 과일 중에는 (          ) 하고 (          ) 를 제일 좋아해요.
   水果之中最喜歡草莓和葡萄。

9. 대만 사람들하고 한국 사람들 대부분 (          ) 을 / 를 좋아해요.
   台灣人和韓國人大部分喜歡炸雞。

10. 시장에는 (          ) 가게하고 (          ) 가게하고 (          ) 가게가 있어요.
    市場有水果行和鮮魚店和蔬果店。

---

MP3 를 들어 보고 따라합시다. 請聽聽 MP3 然後跟著做。🔊 MP3:011

解答→ P141

**문법 연습** 文法練習

## （一）'ㄹ'탈락

1. 살다＋ㄹ / 을 거예요 → ＿＿＿＿＿＿＿＿＿＿＿＿＿＿＿

2. 열다＋ㅂ / 습니다 → ＿＿＿＿＿＿＿＿＿＿＿＿＿＿＿

3. 알다＋아요 / 어요 / 해요 → ＿＿＿＿＿＿＿＿＿＿＿＿

4. 놀다＋면 / 으면 → ＿＿＿＿＿＿＿＿＿＿＿＿＿＿＿

5. 울다＋ㄴ / 은 적이 있다 → ＿＿＿＿＿＿＿＿＿＿＿

6. 졸다＋기 때문에 → ＿＿＿＿＿＿＿＿＿＿＿＿＿＿

7. 서울＋로 / 으로 가요 → ＿＿＿＿＿＿＿＿＿＿＿＿

8. 멀다＋아 / 어 / 해 보이다 → ＿＿＿＿＿＿＿＿＿

9. 늘다＋ㄴ / 은 거예요 → ＿＿＿＿＿＿＿＿＿＿＿

10 . 날다 ＋아서 / 어서 / 해서 → ＿＿＿＿＿＿＿＿＿


## （二）'ㅡ'탈락

1. 크다＋아요 / 어요 / 해요 → ＿＿＿＿＿＿＿＿＿＿

2. 나쁘다＋ㄹ / 을 것 같다 → ＿＿＿＿＿＿＿＿＿＿

3. 예쁘다＋아 / 어 / 해 보이다 → ＿＿＿＿＿＿＿＿

4. 기쁘다＋지만 → ＿＿＿＿＿＿＿＿＿＿＿＿＿＿

5. 끄다＋아서 / 어서 / 해서 → ＿＿＿＿＿＿＿＿＿＿

解答→ P141

정리 整理

**( 一 ) 다음 한국어 단어를 중국어로 쓰십시오 . 請寫出下列韓語單字的中文。**

| 韓文 | 中文 | 韓文 | 中文 |
|---|---|---|---|
| 과일 | 水果 | 야채 | |
| 생선 | | 포도 | |
| 사과 | | 딸기 | |
| 달다 | | 쓰다 | |
| 물건 | | 물어보다 | |

**( 二 ) MP3 를 듣고 빈 칸을 채우십시오 . 請聽下列 MP3 的對話，並填入適當的單字。** 🔊 MP3:012

1.

명수 : 과일을 사고 싶어요 .

소령 : 우리 같이 과일 가게에 가요 .

명수 : 저 야채도 사고 싶어요 . 과일 가게에서 야채도 팝니까 ?

소령 : 네 , 거기는 유명해서 다 팝니다 .

▶ 과일 가게에서 (                ) 을 팔고 (                ) 도 팝니다 .

2.

소령 : 배가 고파요 .

명수 : 우리 치킨 한 마리 먹을래요 ?

소령 : 네 , 맥주도 한 잔 해요 .

▶ 소령 씨는 배가 (                ). 치킨을 (                ) 고 맥주도 (                ).

解答→ P142

## PART 1 회화 <sub>會話</sub>

### 04／ 안에는 춥고, 밖에는 더워요.
裡面冷，外面熱。

**文法**：ㄷ、ㅂ、ㅅ、ㄹ、르、ㅎ **불규칙**（不規則變化）

---

### 대화 對話

**그림을 보고 대화를 읽어 봅시다. 請看著圖片試著對話看看。** 🔊 MP3:013

● 진소령 : 명수 씨, 요즘 너무 덥지 않아요?

● **이명수** : 하나도 안 더워요. 사무실은 추워요.

● 진소령 : 그래요. 안에는 춥고, 밖에는 더워요.

● **이명수** : 맞아요. 그래서 감기에 걸렸어요.

● 진소령 : 괜찮으세요?

● **이명수** : 네, 약을 먹었어요. 고마워요.

## 단어 1 單字 1 🔊 MP3:014

| 덥다 熱 | 하나도 一點也 | 사무실 辦公室 |
| --- | --- | --- |
| 춥다 冷 | 안 裡面；不 | 밖 外面 |
| 감기 感冒 | 걸리다 得到 | 괜찮다 沒關係 |
| 약 藥 | | |

## 대화 번역 對話翻譯

陳小玲：明秀先生，最近很熱不是嗎？

李明秀：一點也不熱。辦公室很冷。

陳小玲：是的。裡面冷，外面熱。

李明秀：沒錯。所以感冒了。

陳小玲：還好嗎？

李明秀：是的，吃藥了。謝謝。

## 문법 文法

### （一）불규칙

　　在韓語的語法裡面，有個很重要的變化規則，即為「不規則變化」。「不規則變化」和之前學過的「ㄹ脫落」和「ㅡ脫落」不同的地方在於，「ㄹ脫落」和「ㅡ脫落」的情況是，只要單字及條件符合變化規則就要產生變化。但是「不規則變化」的情況是，除了符合條件之外，只有部份單字需要做改變，而不是所有條件符合的單字都會產生變化。「不規則變化」有以下幾種：

1.「ㄷ」不規則

當原形去掉「다」，收尾音為「ㄷ」，遇到後方為母音時，收尾音的「ㄷ」需變為「ㄹ」。

例如 듣다＋아／어／해요 → 들어요.

常見的單字

| 듣다 聽 | 묻다 問 | 걷다 走路 | 깨닫다 領悟 |
| --- | --- | --- | --- |

2.「ㅂ」不規則

當原形去掉「다」，收尾音為「ㅂ」，遇到後方為母音時，收尾音的「ㅂ」會自行脫落，並在後方加上「우」。由於此時單字母音已經改變，因此所要加上的文法也會使用不同的用法。

例如　고맙다＋아 / 어 / 해요→ 고마워요 .

常見的單字

> 在「ㅂ」的不規則中，大多數單字收尾音為「ㅂ」時，都有此不規則變化，只有少數的單字沒有。例如：입다（穿）＋아 / 어 / 해요 → 입어요

3.「ㅅ」不規則

當原形去掉「다」，收尾音為「ㅅ」，遇到後方為母音時，收尾音的「ㅅ」會自行脫落，但原本使用的文法不會做任何改變。

例如　짓다＋아 / 어 / 해요→ 지어요 .

常見的單字

| 짓다　煮；蓋 | 붓다　腫 | 젓다　搖；攪 | 긋다　劃 |
| --- | --- | --- | --- |

4.「ㄹ」不規則

當原形去掉「다」，收尾音為「ㄹ」，遇到後方的連接詞、文法及語尾開頭為子音「ㄴ / ㅅ / ㅂ」時，收尾音「ㄹ」會自行脫落，但原本使用的文法不會做任何改變。要特別注意的是，「ㄹ」不規則常會與「ㄹ」脫落一起使用。

例如　알다＋세요 / 으세요 → 아세요 .

常見的單字

> 在「ㄹ」不規則中，只要收尾音為「ㄹ」的動詞或形容詞皆有此變化。

5.「르」不規則

當原形去掉「다」，而最後一個字為「르」，並遇後方為「아 / 어 / 해」時，「르」會依照前方單字的母音產生變化。當前方字母音為陽性母音則變化為「라」；前方字母音為陰性母音則變化為「러」，並在前面單字加上收尾音「ㄹ」。

例如　다르다＋아 / 어 / 해요→ 달라요 .

常見的單字

| 다르다　不同；別 | 모르다　不知道 | 자르다　剪 |
| --- | --- | --- |
| 부르다　呼喚；叫；飽 | 고르다　選 | 마르다　渴；瘦 |

## 6.「ㅎ」不規則

當原形去掉「다」，收尾音為「ㅎ」，並遇到後方子音為「ㅇ」時，收尾音「ㅎ」會自行脫落，並使用相反的文法方式。如原本使用的為有收尾音的文法，則會變化為使用無收尾音的文法；如原本使用＋아的文法，則會改＋어的文法。

例如 그렇다＋아 / 어요 → 그러아요 . → 그래요 .

常見的單字

在「ㅎ」的不規則中，只要是顏色的單字，皆符合此不規則變化的形式，例如：노랗다（黃色）。除了顏色外，「이렇다」（這樣）和「그렇다」（那樣）也符合此不規則變化。

### 단어 2 單字 2　◀ MP3:015

| 약국 藥局 | 날마다 每天 | 옛날 以前 |
|---|---|---|
| 운동장 運動場 | 우체국 郵局 | 위층 上層；樓上 |
| 아래층 底層；下層；樓下 | 학생회관 學生會館 | 서랍 抽屜 |
| 오래되다 經過好久 | 같다 好像；一起 | 건물 建築物 |
| 물 水 | 높다 高 | 낮다 低；矮 |

**위의 단어를 보고 아래 빈 칸을 채우세요 . 請將上面的單字填入以下的空格中。**

1. 아주머니 ! 목말라요 . 여기 (　　　　　　) 좀 주세요 . 老闆娘。口好渴哦。請給我水。

2. 아이들이 (　　　　　) 에서 축구와 농구를 해요 . 孩子們在運動場踢足球和打籃球。

3. (　　　　　) 안에 옛날 사진이 한 장 있습니다 . 抽屜裡面有一張以前的照片。

4. (　　　　　) 에 가서 편지와 소포를 보냈습니다 . 去郵局寄信和包裹。

5. (　　　　　) 가족 사진이 제 지갑 안에 있습니다 . 以前的全家福照片在我的皮夾裡。

6. (　　　　　) 학생회관에서 식사를 합니다 .  每天在學生會館用餐。

7. (　　　　　) 에 가서 약을 삽니다 . 去藥局買藥。

8. 이 건물은 옛날에 만들었습니다 . 매우 (　　　　　) 았 / 었습니다 . 這個建築物是以前蓋的。過了非常久。

9. 옛날 건물은 (　　　　　) 아 / 어요 . 그리고 요즘 건물은 (　　　　　) 아 / 어요 .
   以前的建築物低。然後最近的建築物高。

10. (　　　　　) 과 (　　　　　) 에 제 친구들이 삽니다 . 我的朋友們住在樓上和樓下。

MP3 를 들어 보고 따라합시다 . 請聽聽 MP3 然後跟著做。　◀ MP3:015

解答→ P142

## 문법 연습 文法練習

### (一)「ㄷ」不規則

| | |
|---|---|
| 듣다＋세요 / 으세요 = | 걷다＋ㄹ / 을 거예요 = |
| 묻다＋아 / 어 / 해 보다 = | 깨닫다＋지만 = |

### (二)「ㅂ」不規則

| | |
|---|---|
| 춥다＋아서 / 어서 / 해서 = | 맵다＋기 때문에 = |
| 덥다＋니까 / 으니까 = | 아름답다＋지만 = |
| 쉽다＋아요 / 어요 / 해요= | 귀엽다＋아 / 어 / 해 보이다 = |
| 어렵다＋ㄹ / 을 거예요 = | 무섭다＋겠 = |
| 고맙다＋았어요 / 었어요 / 했어요 = | 돕다＋아요 / 어요 / 해요 = |

### (三)「ㅅ」不規則

| | |
|---|---|
| 짓다＋아요 / 어요 / 해요 = | 젓다＋ㄹ / 을게요 = |
| 붓다＋세요 / 으세요 = | 굿다＋고 = |

### (四)「ㄹ」不規則

| | |
|---|---|
| 살다＋니까 / 으니까 = | 울다＋아서 / 어서 / 해서 = |
| 놀다＋는 = | 팔다＋지만 = |
| 열다＋십시오 / 으십시오 = | 졸다＋기 때문에 = |
| 얼다＋ㅂ / 읍시다 = | 날다＋ㄴ / 은 = |

### (五)「르」不規則

| | |
|---|---|
| 다르다＋니까 / 으니까 = | 부르다＋아서 / 어서 / 해서 = |
| 모르다＋겠 = | 고르다＋세요 / 으세요 = |
| 자르다＋기 때문에 = | 마르다＋ㄹ / 을까요 = |

## （六）「ㅎ」不規則

| | |
|---|---|
| 이렇다 + 니까 / 으니까 = | 그렇다 + 세요 / 으세요 = |
| 그렇다 + 아서 / 어서 / 해서 = | 하얗다 + 지만 = |
| 어떻다 + ㄹ / 을 까요 ? = | 노랗다 + ㄴ / 은 = |
| 빨갛다 + 아 / 어 / 해 지다 = | 까맣다 + 고 = |

解答→ P142

### 정리 整理

### （一）다음 한국어 단어를 중국어로 쓰십시오 . 請寫出下列韓語單字的中文。

| 韓文 | 中文 | 韓文 | 中文 |
|---|---|---|---|
| 덥다 | 熱 | 춥다 | |
| 우체국 | | 운동장 | |
| 높다 | | 낮다 | |
| 감기 | | 약국 | |
| 고맙다 | | 아름답다 | |

### （二）MP3 를 듣고 빈 칸을 채우십시오 . 請聽下列 MP3 的對話，並填入適當的單字。 ◀ MP3:016

1.

소령 : 작년 여름 한국에 갔어요 . 너무 더웠어요 .

명수 : 대만이 더 더운데요 . 아닌가요 ?

소령 : 맞아요 . 한국은 겨울에는 너무 추워요 .

명수 : 한국의 겨울은 대만보다 추워요 .

▶ 대만의 여름은 (             ) . 겨울에는 한국이 대만보다 (             ) .

2.

소령 : 선물 다 골랐어요 ?

명수 : 아니요 , 이 가게에 아름다운 물건이 너무 많아서 못 고르겠어요 .

소령 : 시간이 없어요 . 빨리 고르세요 .

▶ 명수 씨는 지금 선물을 (             ) .

解答→ P144

## 05 / 서울에서 스키장까지 얼마나 걸려요 ?

從首爾到滑雪場要花多久時間 ?

**文法 : - 에서 、 - 부터 、 - 까지**

### 대화 對話

**그림을 보고 대화를 읽어 봅시다 . 請看著圖片試著對話看看。** 🔊 MP3:017

● 진소령 : 이번 겨울에 한국으로 여행을 가는데 스키를 타고 싶어요 .

● 이명수 : 스키장은 서울에서 꽤 멀어요 .

● 진소령 : 정말요 ? 서울에서 스키장까지 얼마나 걸려요 ?

● 이명수 : 네 , 두 시간쯤 걸려요 . 아침부터 밤까지 문을 여니까 새벽에 출발하세요 .

　　　　　그런데 언제부터 언제까지 방학이에요 ?

● 진소령 : 이번 12 월 20 일부터  2 월 20 일까지요 . 그럼 스키장은 언제 폐장을 해요 ?

● 이명수 : 2 월 말이에요 . 겨울 방학 때 가면 되겠네요 . 저도 같이 가고 싶어요 .

## 단어 1 單字 1 🔊 MP3:018

| 겨울 冬天 | 여행을 가다 去旅行 | 스키를 타다 滑雪 |
|---|---|---|
| 서울 首爾 | 꽤 相當地 | 멀다 遠 |
| 에서 從 | 까지 到 | 얼마나 多久 |
| 걸리다 花費 | 쯤 大約 | 출발하다 出發 |
| 말 底；末 | 폐장 關門；停業 | |

## 대화 번역 對話翻譯

陳小玲：這個冬天要去韓國旅行，不過想要滑雪。

李明秀：滑雪場離首爾相當地遠。

陳小玲：真的嗎？從首爾到滑雪場要花多久時間呢？

李明秀：是的，大約要花費二個小時。因為是從早上開到晚上，所以請在凌晨就出發。不過從什麼時候放假到什麼時候呢？

陳小玲：這次從 12 月 20 日放到 2 月 20 日。那麼滑雪場什麼時候關門呢？

李明秀：2 月底。寒假去的話就可以了。我也想一起去。

## 문법 文法

### （一）- 에서

「- 에서」相當於中文的「從～」，用來表達從某個地點出發。可與地點相關的單字一起使用。

例如　**대만에서 언제 출발해요 ?** 什麼時候從台灣出發呢？

### （二）- 부터

「- 부터」相當於中文的「從～」，用來表達從某個時間或是某個情況開始。可與名詞或是時間相關的單字一起使用。

例如　**아침부터 9 시에 일해요 .** 從早上 9 點開始工作。

　　　**언제부터 수업해요 ?** 從什麼時候開始上課？

## (三) - 까지

　　「까지」相當於中文的「到～」，用來表示到達某個地點、某個情況、或是某個時間。可與地點、時間、名詞相關的單字一起使用。

　　也可與「에서」或「부터」一起使用。

例如　거기**까지** 어떻게 가요 ? 到那裡怎麼去呢 ?

　　　월요일부터 금요일**까지** 9 시에 출근해요 . 從星期一到星期五 9 點上班。

### 단어 2 單字 2　🔊 MP3:019

| 주말 週末 | 동안 期間 | 하루 一天 |
|---|---|---|
| 이틀 二天 | 정도 程度 | 청소하다 打掃 |
| 시험 考試 ; 測驗 | 가볍다 輕 | 짐 行李 |
| 무겁다 重 | 무게 重量 | 침대 床 |
| 예약 預約 | 편안하다 舒服 ; 平安 | 수영장 游泳池 |

**위의 단어를 보고 아래 빈 칸을 채우세요 . 請將上面的單字填入以下的空格中。**

1. 얼마 (　　　　　) 여행을 가세요 ? 去旅行多久呢 ?

2. 하루 (　　　　　) 쉬고 싶어요 . 想要休息一天。

3. (　　　　　) 마다 무엇을 하세요 ? 每個週末做什麼呢 ?

4. 주말에 한국어 (　　　　　) 이 / 가 있어서 걱정이에요 . 因為週末有韓國語考試所以擔心。

5. 방을 깨끗하게 (　　　　　) 았 / 었 / 했어요 . 房間打掃地很乾淨。

6. 짐이 무겁습니다 . (　　　　　) 이 / 가 얼마나 돼요 ? 行李很重。重量是多少呢 ?

7. 어제 부산에 있는 호텔에 1 일부터 3 일까지 (　　　　　) 했습니다 . 昨天預約了 1 日到 3 日在釜山的飯店。

8. 호텔 방에 있는 (　　　　　) 이 / 가 너무 편안해요 . 飯店裡面的床很舒服。

9. 매주 월요일 저녁에 (　　　　　) 에서 수영을 합니다 . 每個星期一晚上在游泳池游泳。

10. 짐이 (　　　　　) 아 / 어요 ? 제가 도와줄게요 . 行李很重嗎 ? 我來幫忙。

---

MP3 를 들어 보고 따라합시다 . 請聽聽 MP3 然後跟著做。 🔊 MP3:019

解答→ P144

# 문법 연습 文法練習

**（一）N + [ 조사 ] + N +에서+ N + [ 조사 ] + V + [ 겸양어 ].** **문장을 만드십시오**. 請造句。

例 친구가 한국에서 일을 해요 .

1. 哥哥在英國讀書。 → _____

2. 那個歌手要在中國表演。 → _____

**（二）N + [ 조사 ] + N +부터+ N + [ 조사 ] + V + [ 겸양어 ].** **문장을 만드십시오**. 請造句。

例 친구가 아침 9 시부터 학원에서 일해요 .

1. 奶奶從昨天就生氣了。 → _____

2. 朋友從下星期要在商店打工。 → _____

**（三）N + [ 조사 ] + N +까지+ N + [ 조사 ] + V + [ 겸양어 ].** **문장을 만드십시오**. 請造句。

例 친구가 오늘 저녁까지 밥을 먹지 않아요 .

1. 妹妹在補習班唸書到 10 點。 → _____

2. 學生們考試到下個星期五。 → _____

**（四）N + [ 조사 ] + N +부터+ N +까지+ N + [ 조사 ] + V + [ 겸양어 ].**
**문장을 만드십시오**. 請造句。

例 친구가 월요일부터 금요일까지 학교에서 공부하고 있어요 .

1. 爸爸從星期一到星期五在公司工作。 → _____

2. 那個演員從 1 月到 5 月在國外拍攝。 → _____

**（五）N ＋에서＋ N ＋까지＋ N ＋ [ 조사 ] ＋ V ＋ [ 겸양어 ] . 문장을 만드십시오 . 請造句。**

例 대만에서 서울까지 비행기로 2 시간 걸려요 .

1. 從首爾到釜山要多久時間呢？→ _____

2. 從家裡到補習班要花費 30 分鐘。→ _____

解答→ P144

## 정리 整理

**（一）다음 한국어 단어를 중국어로 쓰십시오 . 請寫出下列韓語單字的中文。**

| 韓文 | 中文 | 韓文 | 中文 |
|------|------|------|------|
| 하루 | 一天 | 이틀 | |
| 주말 | | 방학 | |
| 무겁다 | | 가볍다 | |
| 편안하다 | | 예약하다 | |
| 수영장 | | 시험 | |

**（二）MP3 를 듣고 빈 칸을 채우십시오 . 請聽下列 MP3 的對話，並填入適當的單字。** 🔊 MP3:020

1.

명수 : 시험이 언제 끝나요 ?

소령 : 이틀 후에 끝나요 .

명수 : 시험이 끝나고 방학해요 ?

소령 : 네 , 방학 때 서울에서 부산까지 여행을 할 거예요 .

▶ 소령 씨는 (          ) 후에 시험이 끝납니다 . 시험이 (        ) 후 (        )
여행을 갈 겁니다 .


2.

소령 : 이번 주말에 한국어 시험이 있어요 .

명수 : 많이 공부했어요 ?

소령 : 아니요 , 오늘부터 시작할 거예요 .

▶ 소령 씨는 (        ) 공부를 오늘 (        ) 합니다 .

解答→ P145

**(一) 다음 문장을 보고 대답하십시오 . 請看以下文章並回答。**

보기

소령에게

안녕하세요 . 잘 지내고 있어요 ? 저는 지금 한국에 있어요 .

대만의 여름도 덥지만 한국도 매우 더워요 . 한국은 이번주부터 비가 많이 오고 있어요 . 요즘 대만이 너무 그리워요 . 소령 씨하고 같이 버블티를 마셨을 때가 생각이 나요 .

8 월 후에 다시 대만에 돌아갈 거예요 . 오늘 비행기표를 샀거든요 . 소령 씨 겨울방학 때 저랑 같이 한국 여행할까요 ? 맛있는 음식도 먹고 스키도 타요 . 제가 9 월에 대만에 가기 전에 전화할게요 .
그럼 , 안녕히 계세요 .

명수 씀

**맞으면 ◯ , 틀리면 ✕ 하십시오 . 對的請打◯，錯的請打 ✕。**

1. 명수 씨는 소령 씨에게 편지를 썼습니다 . ( 　 )

2. 명수 씨는 지금 대만에 있습니다 . ( 　 )

3. 명수 씨는 한국을 그리워합니다 . ( 　 )

4. 명수 씨는 소령 씨하고 같이 버블티를 마신 적이 있습니다 . ( 　 )

5. 명수 씨는 8 월 전에 대만에 돌아갑니다 . ( 　 )

6. 명수 씨는 겨울방학 때 소령 씨와 함께 한국 여행을 가고 싶습니다 . ( 　 )

7. 명수 씨는 9 월에 대만으로 돌아갑니다 . ( 　 )


**(二) 친구에게 편지를 써봅시다 . 請寫信給朋友。**

解答→ P145

Memo

# PART 2

## 회화

會話
2

## PART 2 회화 會話 2

# 06 / 매일 한국어 공부를 하고 있어요.

每天都在學習韓國語。

**文法**：- 고 있다、동안、- 는 동안

### 대화 對話

**그림을 보고 대화를 읽어 봅시다. 請看著圖片試著對話看看。** 🔊 MP3:021

● **이명수**：소령 씨의 한국어가 많이 늘었어요!

● **진소령**：네, 대학을 졸업한 후에 한국으로 유학을 가고 싶어요. 그래서 매일 한국어 공부를 하고 있어요.

● **이명수**：왜요? 대만에도 좋은 학교가 많은데요.

● **진소령**：한국어로 공부하고 싶어서요. 명수 씨는 요즘 뭐하고 있어요?

● **이명수**：저는 중국어 시험을 준비하고 있어요. 이번 휴가 기간 동안 한국에 돌아가지 않을 거예요.

● **진소령**：명수 씨는 중국어를 잘하니까 시험에 합격할 수 있어요. 같이 힘내요.

## 단어 1 單字 1 🔊 MP3:022

| | | |
|---|---|---|
| 늘다 增加 | 졸업하다 畢業 | 유학을 가다 去留學 |
| 매일 每天 | 좋은 학교 好的學校 | 시험 考試 |
| 준비하다 準備 | 휴가 休假 | 기간 期間 |
| 동안 期間;時候 | 돌아가다 回去 | 합격하다 合格 |
| 힘내다 加油 | | |

## 대화 번역 對話翻譯

李明秀：小玲小姐的韓國語進步了很多！

陳小玲：是的，大學畢業之後想要去韓國留學。每天都在學習韓國語。

李明秀：為什麼呢？台灣好的大學也很多呀。

陳小玲：因為想要用韓國語學習。明秀先生最近在做什麼呢？

李明秀：我在準備中國語考試。這次休假期間沒有要回韓國。

陳小玲：明秀先生的中國語説得很好，所以會合格的。一起加油吧。

## 문법 文法

### （一）- 고 있다

相當於中文的「正在～」，接續在動詞後方使用，將動詞原形去掉「다」直接加上「- 고 있다」即可。

例如 **저는 영화를 보고 있어요**. 我正在看電影。

**밥을 먹고 있어요**. 正在吃飯。

### （二）동안 / - 는 동안

「동안 / - 는 동안」相當於中文的「～的期間」，為表達依事件情況時間較長或是較確定時的情況下使用。二者差異如下：

● N ＋동안：與名詞一起使用。

● V ＋는 동안：與動詞一起使用。

例如 **여름 방학 동안 한국에 갈 거예요**. 暑假期間要去韓國。

**영화를 보는 동안 전화하지 마세요**. 看電影的時候請不要打電話。

단어 2 單字 2  🔊 MP3:023

| | | |
|---|---|---|
| 식사하다 用餐 | 고속버스 高速巴士 | 초등학교 國小 |
| 중학교 國中 | 고등학교 高中 | 눈사람 雪人 |
| 눈싸움 打雪仗 | 미술관 美術館 | 음악회 音樂會 |
| 바람 風 | 하늘 天空 | 구름 雲 |
| 불다 吹 | 스키 滑雪 | 스케이트 滑冰 |

**위의 단어를 보고 아래 빈 칸을 채우세요 . 請將上面的單字填入以下的空格中。**

1. 오늘 오전 8 시에 아침 (　　　　　) 했습니다 . 今天早上 8 點吃早餐。

2. 남부에 가고 싶어서 (　　　　　) 표를 샀습니다 . 想要去南部所以買了高速巴士的票。

3. 한국 초등학생은 (　　　　　) 을 / 를 6 년 동안 다닙니다 . 韓國小學生要讀 6 年。

4. 하늘에 (　　　　　) 이 / 가 많습니다 . 天空有很多雲朵。

5. (　　　　　) 이 / 가 많이 불고 있습니다 . 우산을 준비하세요 . 很大的風。請準備雨傘。

6. 겨울 운동에는 (　　　　　) 하고 (　　　　　) 이 / 가 있습니다 .
   冬天的運動有滑雪和滑冰。

7. 하늘에서 눈이 내립니다 . 아이들은 (　　　　　) 을 / 를 하고 (　　　　　) 도 만듭니다 .
   天空在下雪。孩子們在打雪仗和也做雪人。

8. 어제는 (　　　　　) 에서 그림을 봤고 , 오늘은 (　　　　　) 에서 음악을 들었습니다 .
   昨天在美術館看了畫，今天在音樂會聽了音樂。

9. 한국 고등학생은 (　　　　　) 을 / 를 3 년 동안 다닙니다 . 韓國高中生要讀 3 年。

10. 한국 중학생은 (　　　　　) 을 / 를 3 년 동안 다닙니다 . 韓國國中生要讀 3 年。

---

MP3 를 들어 보고 따라합시다 . 請聽聽 MP3 然後跟著做。  🔊 MP3:023

解答→ P146

## 문법 연습 文法練習

（一） **N + [ 조사 ] + V +고 있어요 . 문장을 만드십시오 . 請造句。**

例 학교에 가고 있어요 .

1. 正在吃飯。→ _____

2. 正在公園運動。→ _____

（二） **N + [ 조사 ] + N + [ 시간 ] + 동안+ N + [ 조사 ] + V/Adj + [ 어미 ]. 문장을 만드십시오 .
請造句。**

例 친구가 2 년 동안 한국어를 배워요 .

1. 妹妹 1 個月期間準備了考試。→ _____

2. 我在韓國住了 5 年。→ _____

（三） **N + [ 조사 ] + V +는 동안+ V / Adj + [ 어미 ]. 문장을 만드십시오 . 請造句。**

例 영화를 보는 동안 말하지 마세요 .

1. 唸書的期間請認真。→ _____

2. 在國外的期間不會接電話。→ _____

解答→ P146

정리 整理

**（一）다음 한국어 단어를 중국어로 쓰십시오. 請寫出下列韓語單字的中文。**

| 韓文 | 中文 | 韓文 | 中文 |
|---|---|---|---|
| 바람이 불다 | 颱風 | 유학을 가다 | |
| 휴가 | | 하늘 | |
| 미술관 | | 음악회 | |
| 준비하다 | | 합격하다 | |
| 힘내다 | | 매일 | |

**（二）MP3 를 듣고 빈 칸을 채우십시오. 請聽下列 MP3 的對話，並填入適當的單字。** 🔊 MP3:024

1.

명수 : 한국어 시험 봤어요?

소령 : 이틀 후에 봐요.

명수 : 시험 준비 다 했어요?

소령 : 네, 시험 준비를 하고 있어서 좀 바빠요.

▶ 소령 씨는 시험 준비를 하 (          ). 그래서 (          ).

2.

명수 : 바람이 정말 많이 불고 있네요.

소령 : 바람이 부는 동안 비도 올 거예요.

명수 : 대만에는 겨울에 눈이 안 와요?

▶ 바람이 많이 (          ). 바람이 부는 (          ) 비도 올 겁니다.

解答→ P146

# 07／왜 할 수 없어요？하면 되지요.

為什麼做不到呢？做的話就可以呀。

**文法**：- 면 / 으면、- 면 / 으면 되다 / 안 되다

**그림을 보고 대화를 읽어 봅시다．請看著圖片試著對話看看。** ◀ MP3:025

● 진소령 : 요즘 한국어 실력이 안 늘어서 걱정이에요 .

● **이명수 :** 저하고 매일 이야기하고 있는데 안 늘었어요 ?

● 진소령 : 제가 한국 정치 , 경제 , 문화 등에 관심이 있어요 . 다 배우고 싶어요 .

　　　　　너무 많지요 ? 할 수 있을까요 ?

● **이명수 :** 당연하죠 . 왜 할 수 없어요 ? 하면 되지요 .

● 진소령 : 진짜 하면 될까요 ? 만약 안 되면 어떡하죠 ?

### 단어 1 單字 1 🔊 MP3:026

| 실력 實力 | 걱정 擔心 | 정치 政治 |
|---|---|---|
| 경제 經濟 | 문화 文化 | 관심이 있다 有興趣 |
| 배우다 學 | 당연하다 當然 | |

### 대화 번역 對話翻譯

陳小玲：因為最近韓國語實力沒有進步所以擔心。

李明秀：每天和我聊天也沒有進步嗎？

陳小玲：因為我對韓國政治、經濟、文化等有興趣。都想學。太多了吧？能做得到嗎？

李明秀：當然呀。為什麼做不到呢？做的話就可以呀。

陳小玲：真的做的話就可以嗎？如果不能的話該怎麼辦呢？

### 문법 文法

#### （一）- 면 / 으면

　　相當於中文的「～的話」，可接續在動詞或形容詞後方使用。為表達假設的語氣。

**例如** 날씨가 **추우면** 옷을 많이 입으세요. 天氣冷的話請多穿一些衣服。

#### （二）- 면 / 으면 되다

　　相當於中文的「～的話就可以」，可接續在動詞或形容詞後方使用。為表達假設的語氣。

**例如** 이렇게 **하면 돼요**? 這樣做的話就可以嗎？

#### （三）- 면 / 으면 안 되다

　　相當於中文的「～的話不可以」，為「면 / 으면 되다」的否定用法，可接續在動詞或形容詞後方使用。表達假設的語氣。

**例如** 거기에 앉**으면 안 돼요**. 坐在那裡的話不行。

## 단어 2 單字 2  🔊 MP3:027

| | | |
|---|---|---|
| 앉다　坐 | 서다　站 | 말씀 드리다　告知 |
| 공장　工廠 | 입장료　入場費 | 요금　費用 |
| 과학　科學 | 수학　數學 | 신문　報紙 |
| 뉴스　新聞 | 잡지　雜誌 | 주문하다　點（菜） |
| 숫자　數字 | 약하다　弱 | 학원　補習班 |

**위의 단어를 보고 아래 빈 칸을 채우세요. 請將上面的單字填入以下的空格中。**

1. 저는 자주 과학 (　　　　　　) 을 / 를 봅니다. 我常常看科學雜誌。

2. (　　　　　　) 에서 한국인 선생님과 함께 한국어를 배웁니다.
   在補習班和韓國老師學韓國語。

3. (　　　　　　) 에 주문한 물건이 아직 오지 않았어요. 跟工廠預定的物品還沒有來。

4. 메뉴 좀 주세요. 음식을 (　　　　　　) 고 싶어요. 請給我菜單。想要點菜。

5. 공연 (　　　　　) 이 / 가 얼마예요? 公演入場費多少錢？

6. 버스 (　　　　　) 은 / 는 대만이 더 싸요. 台灣的公車費更便宜。

7. 저는 날마다 (　　　　　) 을 / 를 읽어요. (　　　　　) 을 / 를 좋아해요.
   我每天看報紙。喜歡新聞。

8. 수학 시험이 어려워요. 저는 (　　　　　) 에 약해요. 數學考試很難。我在數字方面很弱。

9. (　　　　　) 계시지 마세요. 여기에 (　　　　　) 으세요. 請不要站著。請坐在這裡。

10. 내일 학원에 못 와요? 한국어 선생님께 (　　　　　) 드릴게요.
    明天不能來補習班嗎？我會告知韓國語老師。

---

MP3 를 들어 보고 따라합시다. 請聽聽 MP3 然後跟著做。 🔊 **MP3:027**

解答→ P147

문법 연습 文法練習

**（一）N ＋ [ 조사 ] ＋ V / Adj ＋면 / 으면＋ [ 아무거나 ] .** 문장을 만드십시오 . **請造句。**

例 한국에 가면 친구랑 만날 거예요 .

1. 心情不好的話要和我去購物嗎？→

2. 吃飯的話肚子就不會餓。→

**（二）N ＋ [ 조사 ] ＋ V / Adj ＋면 / 으면 되다＋ [ 어미 ] .** 문장을 만드십시오 . **請造句。**

例 여기로 가면 될까요 ?

1. 吃這個水果的話就可以了。→

2. 長得帥的話就可以了？→

**（三）N ＋ [ 조사 ] ＋ V / Adj ＋면 / 으면 안 되다＋ [ 아무거나 ] .** 문장을 만드십시오 . **請造句。**

例 과자를 먹으면 안 되니까 안 먹어요 .

1. 因為不可以在圖書館聊天所以請安靜。→

2. 因為不可以和妹妹吵架所以請忍耐。→

解答→ P147

### 정리 整理

**（一）다음 한국어 단어를 중국어로 쓰십시오. 請寫出下列韓語單字的中文。**

| 韓文 | 中文 | 韓文 | 中文 |
|---|---|---|---|
| 관심이 있다 | 有興趣 | 실력 | |
| 문화 | | 정치 | |
| 경제 | | 걱정 | |
| 신문 | | 요금 | |
| 앉다 | | 서다 | |

**（二）MP3 를 듣고 빈 칸을 채우십시오. 請聽下列 MP3 的對話，並填入適當的單字。◀ MP3:028**

1.

소령 : 명수 씨는 대만 문화에 관심이 있어요 ?

명수 : 네 , 그런데 어떻게 공부해요 ?

소령 : 먼저 박물관에 가면 돼요 . 신문을 읽어도 돼요 . 그러면 대만 문화 배울 수 있어요 .

명수 : 감사합니다 . 그런데 제 중국어 실력이 좋지 않아요 .

▶ 대만 문화에 관심이 (　　　　　) 박물관에 가고 신문을 읽으면 (　　　　　).

2. ◀ MP3:28_6

소령 : 명수 씨 , 박물관에서 사진을 찍으면 안 돼요 .

명수 : 미국은 박물관에서 사진을 찍어도 돼요 .

소령 : 여기는 대만이에요 . 대만 박물관에서는 사진을 찍으면 안 돼요 .

▶ 대만 박물관에서는 사진을 찍 (　　　　　). 하지만 미국 박물관에서 사진을 (　　　　　).

解答→ P148

## 08 / 대만 남부에 가 본 적이 있어요 ?
有去過台灣南部嗎 ?

文法 : - ㄹ / 을 수 있다 / 없다 、- ㄹ / 을 줄 알다 / 모르다 、
- ㄴ / 은 적이 있다 / 없다 、- ㄴ / 은 / 는

### 대화 對話

**그림을 보고 대화를 읽어 봅시다 . 請看著圖片試著對話看看。** 🔊 MP3:029

● 진소령 : 명수 씨 , 대만 남부에 가 본 적이 있어요 ?

● **이명수** : 네 , 있어요 . 그런데 대만 남부 어디요 ?

● 진소령 : 타이난 ( 台南 ) 이요 . 대만에서 역사로 가장 유명한 도시예요 . 맛있는
식당도 아주 많아요 .

● **이명수** : 한 번 가 본 적이 있어요 . 그런데 또 가고 싶어요 . 타이난은 한국의 경
주와 비슷해요 . 경주에 불국사 , 석굴암 , 첨성대 등이 유명해요 .

● 진소령 : 경주에 간 적이 있어요 . 불국사와 석굴암은 본 적이 있어요 . 그런데 시
간이 없어서 첨성대는 본 적이 없어요 .

## 단어 1 單字 1 🔊 MP3:030

| 남부 南部 | 역사 歷史 | 유명하다 有名；著名 |
|---|---|---|
| 도시 都市 | 집 店家 | 경주 慶州 |
| 비슷하다 相似 | 불국사 佛國寺 | 석굴암 石窟庵 |
| 첨성대 瞻星台 | | |

## 대화 번역 對話翻譯

陳小玲：明秀先生，有去過台灣南部嗎？

李明秀：是的，有。可是是台灣南部的哪裡呢？

陳小玲：是台南。在台灣以歷史聞名的城市。好吃的店家也非常的多。

李明秀：曾經去過一次。不過還想再去。台南和韓國的慶州相似。慶州的佛國寺、石窟庵、
瞻星台等都很有名。

陳小玲：曾經去過慶州。看過佛國寺和石窟庵。可是因為沒有時間所以沒看過瞻星台。

## 문법 文法

### （一）- ㄹ / 을 수 있다 / 없다

　　「- ㄹ / 을 수 있다」和「- ㄹ / 을 수 없다」為表達「能力」的文法，可接續在動詞後
方使用，有收尾音有無之區分，有收尾音時＋「을」；無收尾音時＋「ㄹ」。二者使用差
異如下：

● V ＋ ㄹ / 을 수 있다：表達「能夠做到」的文法，相當於中文的「能夠」、「可以」、「會」。

● V ＋ ㄹ / 을 수 없다：表達「不能夠做到」或「做不到」的文法，相當於中文的「不能夠」、
「不可以」、「不會」。

　　例如　한국어를 할 수 있어요? 會説韓國語嗎？

　　　　　김치를 먹을 수 없어요. 不能夠吃泡菜。

### （二）- ㄹ / 을 줄 알다 / 모르다

　　「- ㄹ / 을 줄 알다」和「- ㄹ / 을 줄 모르다」為表達「能力」的文法，可與「- ㄹ / 을
수 있다」和「- ㄹ / 을 수 없다」交替使用。二者使用差異如下：

● V ＋ ㄹ / 을 줄 알다：表達「能夠做到」的文法，相當於中文的「能夠」、「可以」、「會」。

- V＋ㄹ／을 줄 모르다：表達「不能夠做到」或「做不到」的文法，相當於中文的「不能夠」、「不可以」、「不會」。

  例如 **한국어 할 줄 알아요**? 會韓國語嗎？

  **김치를 만들 줄 몰라요**. 不會做泡菜。

### （三）-ㄴ／은 적이 있다／없다

「-ㄴ／은 적이 있다」和「-ㄴ／은 적이 없다」為表達「經驗」的文法，可接續在動詞後方使用，有收尾音有無之區分，有收尾音時＋「은」；無收尾音時＋「ㄴ」。二者使用差異如下：

- V＋ㄴ／은 적이 있다：表達「曾經有過」的經驗，相當於中文「曾經」、「有過」。
- V＋ㄴ／은 적이 없다：表達「不曾有過」的經驗，相當於中文「不曾」、「沒有過」。

  例如 **일본에 간 적이 있어요**? 曾經去過日本嗎？

  **수영을 한 적이 없어요**. 不曾游泳過。

### （四）-ㄴ／은／는

「-ㄴ／은／는」為中文「的」的用法，可接續在名詞、動詞、形容詞後方使用，後方固定接續名詞。相異如下：

- N＋ㄴ／은：接續在名詞後方使用，有收尾音有無之區分。有收尾音時＋「은」；無收尾音時＋「ㄴ」。
- V＋는：接續在動詞後方使用，無收尾音有無之區分。使用時，直接將動詞原形去掉「다」再加上「는」即可。
- Adj＋ㄴ／은／는：接續在形容詞後方使用，需區分是「具體形容詞」或「不具體形容詞」中的哪一種。以具體形容詞使用時，有收尾音有無之區分，有收尾音時＋「은」；無收尾音時＋「ㄴ」。以不具體形容詞使用時，則固定加上「는」即可。
- 있다／없다＋는：當單字原形後方有「있다」或「없다」時，只需將單字原形去掉「다」直接加上「는」即可。

  例如

| 웃는 아이 正在笑的孩子 | 큰 가방 大的包包 | 맛있는 밥 好吃的飯 |
| --- | --- | --- |

上述的「的」的用法皆為「現在式」的使用方法。過去式和未來式説明如下：

- 過去式：只能與動詞一起使用，而動詞有收尾音有無之區分，有收尾音時＋「은」；無收尾音時＋「ㄴ」。

例如

| 온 사람  來了的人 | 먹은 밥  吃了的飯 | 본 영화  看了的電影 |

● 未來式：只能與動詞一起使用，而動詞有收尾音有無之區分，有收尾音時＋「을」；無收尾音時＋「ㄹ」。

例如

| 올 사람  要來的人 | 먹을 밥  要吃的飯 | 볼 영화  要看的電影 |

## 단어 2 單字 2　🔊 MP3:031

| 김치  泡菜 | 웃다  笑 | 맛있다  好吃 |
| 강하다  強 | 적다  少 | 작다  小 |
| 많다  多 | 크다  大；高 | 취소하다  取消 |
| 결혼하다  結婚 | 초대하다  招待；邀請 | 회원  會員 |
| 스포츠 센터  運動中心 | 가입하다  加入 | 얼굴  臉蛋 |

**위의 단어를 보고 아래 빈 칸을 채우세요. 請將上面的單字填入以下的空格中。**

1. 저는 영어에 약하지만 한국어에 (　　　　) ㅂ니다 / 습니다.
   雖然我英語很弱但是韓國語很強。

2. (　　　　) 는 한국의 전통 음식입니다. 泡菜是韓國的傳統食物。

3. 텔레비전을 보고 (　　　　) 았 / 었다. 看電視然後笑了。

4. 보통 남자의 얼굴은 (　　　　) ㅂ / 습니다. 하지만 여자의 얼굴은 (　　　　) ㅂ / 습니다.
   一般男生的臉蛋大。但是女生的臉蛋小。

5. 돈이 (　　　　) ㄴ / 은 사람은 돈을 많이 씁니다. 錢多的人會花很多錢。

6. 저는 오빠보다 2 살 (　　　　) ㅂ / 습니다. 我比哥哥小 2 歲。

7. 운동을 하고 싶어서 (　　　　) 에 갔습니다. (　　　　) 에 가입했습니다.
   因為想要運動所以去了運動中心。加入了會員。

8. 어제 너무 바빠서 약속을 (　　　　) 았 / 었 / 했습니다. 因為昨天很忙所以取消了約會。

9. (　　　　) ㄴ / 는 김치는 어디서 팔아요 ? 好吃的泡菜在哪裡有賣 ?

10. 곧 결혼합니다. 그래서 친구들을 (　　　　) 았 / 었 / 했습니다. 快結婚了。所以邀請了朋友們。

> MP3 를 들어 보고 따라합시다. 請聽聽 MP3 然後跟著做。 🔊 MP3:031

解答→ P148

## 문법 연습 文法練習

**（一）V＋ㄹ/을 수 있다/없다. 문장을 만드십시오. 請造句。**

例 수영할 수 있어요.

1. 能夠開車嗎？→ _____

2. 能夠做到。→ _____


**（二）N＋[조사]＋V＋ㄹ/을 수 있다/없다＋[연결사]＋아/어/해요. 문장을 만드십시오. 請造句。**

例 한국어를 할 수 있지만 잘하지 못해요.

1. 雖然能做料理但是不想做。→ _____

2. 因為畫不了畫所以不要畫。→ _____


**（三）V＋ㄹ/을 줄 알다/모르다. 문장을 만드십시오. 請造句。**

例 수영할 줄 알아요.

1. 不會開車嗎？→ _____

2. 會做到。→ _____


**（四）N＋[조사]＋V＋ㄹ/을 줄 알다/모르다＋[연결사]＋아/어/해요. 문장을 만드십시오. 請造句。**

例 한국어를 할 줄 알지만 잘하지 못해요.

1. 雖然會做料理但是不想做。 _____

2. 因為不會畫畫所以不要畫。 _____

（五）V＋ㄴ/은 적이 있다/없다. 문장을 만드십시오. 請造句。

例 수영한 적이 있어요?

1. 不曾登山。 _____

2. 曾經吃過嗎？ _____

（六）N＋[조사]＋V＋ㄴ/은 적이 있다/없다＋[연결사]＋아/어/해요.
　　 문장을 만드십시오. 請造句。

例 일본에 간 적이 없지만 일본 음식을 좋아해요.

1. 因為不曾吃過人蔘雞湯所以想要吃嗎？ _____

2. 因為曾經滑雪所以想學更多。 _____

（七）N/V/A＋ㄴ/은/는＋N＋아/어/해요. 문장을 만드십시오. 請造句。

例 매운 음식을 먹어서 배가 아파요.

1. 因為遇見帥的男人所以心情好。 → _____

2. 因為是漂亮的衣服所以想要買。 → _____

解答→ P148

**（一）다음 한국어 단어를 중국어로 쓰십시오 . 請寫出下列韓語單字的中文。**

| 韓文 | 中文 | 韓文 | 中文 |
|------|------|------|------|
| 역사 | 歷史 | 웃다 | |
| 크다 | | 작다 | |
| 많다 | | 적다 | |
| 초대하다 | | 가입하다 | |
| 남부 | | 회원 | |

**（二）MP3 를 듣고 빈 칸을 채우십시오 . 請聽下列 MP3 的對話，並填入適當的單字。** ◀ MP3:032

1.

명수 : 경주는 역사의 도시예요 . 간 적 있어요 ?

소령 : 네 , 그런데 경주는 서울에서 멀어요 .

명수 : 하지만 볼 수 있는 것들이 정말 많아요 .

소령 : 맞아요 . 석굴암 , 첨성대 , 불국사에 간 적이 있어요 . 재미있었어요 .

▶ 소령 씨는 경주 (　　　　) , (　　　　) , (　　　　) 에 간 적이 있습니다 .

2.

소령 : 명수 씨 , 김치찌개 할 줄 알아요 ?

명수 : 그럼요 . 저는 음식을 잘해요 . 매운 음식을 먹을 수 있어요 ?

소령 : 많이 매운 음식은 먹지 못하지만 좋아해요 .

▶ 명수 씨는 음식을 (　　　　) 줄 압니다 . 소령 씨는 매운 음식을 (　　　　) .

解答→ P149

# 09 / 취두부를 먹어 본 적이 있어요 ?

有吃過臭豆腐嗎 ?

文法 : - 아 / 어 / 해 ~

## 대화 對話

**그림을 보고 대화를 읽어 봅시다 . 請看著圖片試著對話看看。** 🔊 MP3:033

🔵 진소령 : 여기 야시장에는 맛있는 음식이 아주 많아요 .

🔵 이명수 : 맞아요 . 저도 이 근처에 오면 여기에 와서 대만 음식을 먹어요 .

🔵 진소령 : 취두부를 먹어 본 적이 있어요 ?

🔵 이명수 : 아니요 , 냄새가 좋지 않아서 아직 안 먹어 봤어요 .

🔵 진소령 : 대만에 그렇게 오래 계셨는데 아직 한 번도 안 먹어 봤어요 ? 오늘 한번

　　　　　먹어 봐요 . 같이 먹어요 . 어때요 ?

🔵 이명수 : 소령 씨가 먹고 싶으면 같이 한번 먹어 볼게요 .

단어 1 單字 1 🔊 MP3:034

| 야시장 夜市 | 근처 附近 | 취두부 臭豆腐 |
|---|---|---|
| 냄새 味道 | 그렇게 那樣地 | 오래 很久 |
| 계시다 在（敬語） | 한번 一次 | |

### 대화 번역 對話翻譯

陳小玲：這裡的夜市有很多好吃的東西。

李明秀：是的。我也是來到這附近的話，就會來這裡吃台灣小吃。

陳小玲：有吃過臭豆腐嗎？

李明秀：沒有。味道不太好所以還沒吃過。

陳小玲：在台灣那麼久的時間了，連一次都還沒有吃過嗎？今天吃一次看看。一起吃。
　　　　如何呢？

李明秀：小玲小姐想要吃的話那就一起吃一次。

### 문법 文法

#### （一）- 아 / 어 / 해 보다

　　相當於中文的「～看看」，固定接續在動詞後方使用。

例如 **이걸 해 보세요** . 請做這個看看。

　　**문장을 만들어 봐요** . 請造句看看。

#### （二）- 아 / 어 / 해 보이다

　　相當於中文的「看起來～」，固定接續在形容詞後方使用。

例如 **할아버지께서 피곤해 보이세요** . 爺爺看起來疲倦。

　　**친구가 슬퍼 보여요** . 朋友看起來難過。

#### （三）- 아 / 어 / 해 주다

　　相當於中文「請幫我～」、「請替我～」，為說話者主動要求聽話者為自己做什麼事情時使用。固定接續在動詞後方使用。

例如 **사진을 찍어 주세요** . 請幫我照相。

　　**숙제를 도와 주세요** . 請幫我寫作業。

## (四) - 아 / 어 / 해 드릴까요 ?

相當於中文的「要我幫你～嗎？」、「要我為你～嗎？」，為說話者主動詢問聽話者需要給予什麼幫助，或是為聽話者做什麼事情時使用。固定接續在動詞後方使用。

例如　**사진을 찍어 드릴까요 ?** 要幫你照相嗎？

　　　**숙제를 도와 줄까요 ?** 要幫你寫作業嗎？

## (五) - 아 / 어 / 해 드릴게요

相當於中文的「我來幫你～」、「我來為你～」，為說話者主動告知聽話者要為聽話者做什麼，或是給予聽話者什麼幫助時使用。固定接續在動詞後方使用。

例如　**사진을 찍어 드릴게요 .** 我來幫你照相。

　　　**숙제를 도와 줄게요 .** 我來幫你寫作業。

## (六) - 아 / 어 / 해 가다 / 오다

相當於中文的「～去」或「～來」，為帶著上一個動作的結果或狀態至下一個動作或地點。固定接續在動詞後方使用。

例如　**학교에 숙제를 해 오세요 .** 寫功課再來學校。

　　　**김밥을 만들어 가세요 .** 請做海苔飯卷去。

## (七) - 아 / 어 / 해도 되다

相當於中文的「～也可以」，可接續在動詞或形容詞後方使用。

例如　**이렇게 해도 돼요 .** 這樣做就可以了。

　　　**여기서 앉아도 돼요 ?** 坐在這裡也可以嗎？

## (八) - 아 / 어 / 해 지다

相當於中文的「變～」，表示狀態產生了變化，固定接續在形容詞的後方使用。

例如　**날씨가 추워 졌어요 .** 天氣變冷了。

　　　**얼굴이 예뻐 졌어요 .** 臉蛋變漂亮了。

## （九）- 아 / 어 / 해야 하다 / 되다

相當於中文的「應該～」、「必須～」，與自身是否有意願去做某事無關，而是「必須要」或「應該要」的情況。可接續在動詞或形容詞的後方使用。

例如 **매일 운동해야 해요**. 應該要每天運動。

**그 사람이랑 결혼하면 행복해야 돼요**. 和那個人結婚的話必須要幸福。

## （十）- 아 / 어 / 해야겠다

相當於中文的「認為～」，為自己的意願認為該做某事。可接續在動詞或形容詞的後方使用。

例如 **내일 출근하니까 일찍 일어나야겠어요**. 因為明天要上班所以要早一點起床才行。

**저는 한국어를 열심히 공부해야겠어요**. 我要認真地學習韓國語才行。

## 단어 2 單字 2 🔊 MP3:035

| | | |
|---|---|---|
| 김치찌개 泡菜鍋 | 심하다 嚴重 | 혼자 獨自 |
| 향기 香氣 | 비누 肥皂 | 행복하다 幸福 |
| 조금 一點點 | 많이 很多；非常 | 천천히 慢慢地 |
| 조심하다 小心 | 위험하다 危險 | 지역 地區 |
| 멀다 遠 | 가깝다 近 | 사이 關係；之間 |

**위의 단어를 보고 아래 빈 칸을 채우세요 . 請將上面的單字填入以下的空格中。**

1. (　　　　　) 한번 드셔 보세요 . 맛있어요 . 請吃一次泡菜鍋看看。好吃。

2. 김치가 오래돼서 냄새가 너무 (　　　　　) 아 / 어 / 해요 . 因為泡菜放很久所以味道很重。

3. 비누 (　　　　　) 이 / 가 너무 좋아요 . 肥皂的味道很好。

4. (　　　　　) 드세요 . 請慢慢吃。

5. 요즘 걱정이 많아요 . (　　　　　) 힘들어요 . 最近有很多擔心。很累。

6. 비가 너무 많이 와요 . 등산하지 마세요 . (　　　　　) 해요 .
   下很多雨。請不要爬山。危險。

7. 여기는 위험한 지역입니다 . (　　　　　) 하세요 . 這裡是危險的地區。請小心。

8. 한국 친구는 멀지만 (　　　　　) ㄴ 사이입니다 . 雖然韓國朋友離很遠但是關係很近。

9. (　　　　　) 여행을 할 수 있어서 행복합니다 . 因為可以獨自旅行所以很幸福。

10. 술은 건강에 좋지 않아요 . (　　　　　) 만 드세요 . 酒對健康不好。請少喝一點。

---

MP3 를 들어 보고 따라합시다 . 請聽聽 MP3 然後跟著做。🔊 MP3:035

解答→ P149

문법 연습 文法練習

**（一）N + [ 조사 ] + V +아 / 어 / 해 보다 .** 문장을 만드십시오 . **請造句。**

例 이 떡을 드셔 보세요 .

1. 請去路邊攤看看。→ _____

2. 請製作韓國料理看看。→ _____


**（二）N + [ 조사 ] + Adj +아 / 어 / 해 보이다 .** 문장을 만드십시오 . **請造句。**

例 날씨가 좋아 보여요 .

1. 臉蛋看起來漂亮。→ _____

2. 包包看起來小。→ _____


**（三）N + [ 조사 ] + V +아 / 어 / 해 주다 .** 문장을 만드십시오 . **請造句。**

例 방을 청소해 주세요 .

1. 請教我韓國語。→ _____

2. 請幫我解開這個問題。→ _____


**（四）N + [ 조사 ] + V +아 / 어 / 해 드릴까요 ?** 문장을 만드십시오 . **請造句。**

例 방을 청소해 드릴까요 ?

1. 要教你韓國語嗎？→ _____

2. 要幫你解開這個問題嗎？→ _____

（五）**N ＋ [ 조사 ] ＋ V ＋아 / 어 / 해 드릴게요 . 문장을 만드십시오 . 請造句。**

例 방을 청소해 드릴게요 .

1. 我來教你韓國語。→ _____

2. 我來幫你解開這個問題。→ _____

（六）**N ＋ [ 조사 ] ＋ V ＋아 / 어 / 해 가다 / 오다 . 문장을 만드십시오 . 請造句。**

例 과일을 사 가세요 .

1. 要買晚餐吃。→ _____

2. 請去準備禮物。→ _____

（七）**N ＋ [ 조사 ] ＋ V / Adj ＋아 / 어 / 해도 되다 . 문장을 만드십시오 . 請造句。**

例 여기서 앉아도 될까요 ?

1. 可以說中文嗎？→ _____

2. 可以吃辣的食物。→ _____

（八）**N ＋ [ 조사 ] ＋ Adj ＋아 / 어 / 해 지다 . 문장을 만드십시오 . 請造句。**

例 날씨가 추워 졌어요 .

1. 心情變好了。→ _____

2. 個子變高了。→ _____

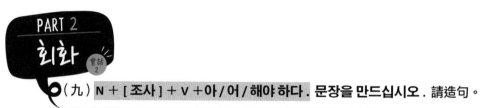

（九）**N + [ 조사 ] + V + 아 / 어 / 해야 하다 .** 문장을 만드십시오 . 請造句。

例 숙제를 해야 해요 .

1. 必須要出差。→ _____

2. 下星期必須要出發嗎？→ _____


（十）**N + [ 조사 ] + V + 아 / 어 / 해야겠다 .** 문장을 만드십시오 . 請造句。

例 한국어를 배워야겠어요 .

1. 要睡午覺。→ _____

2. 要和男朋友結婚。→ _____

解答→ P150

정리 整理

**（一）다음 한국어 단어를 중국어로 쓰십시오 . 請寫出下列韓語單字的中文。**

| 韓文 | 中文 | 韓文 | 中文 |
|------|------|------|------|
| 조심하다 | 小心 | 위험하다 | |
| 근처 | | 사이 | |
| 가깝다 | | 멀다 | |
| 냄새 | | 향기 | |
| 앉다 | | 서다 | |

**（二）MP3 를 듣고 빈 칸을 채우십시오 . 請聽下列 MP3 的對話，並填入適當的單字。** 🔊 MP3:036

1.

소령 : 거기에 나쁜 사람이 많아서 위험해요 . 조심해야 해요 .

명수 : 그래요 ? 그럼 신용카드를 가져 가도 돼요 ?

소령 : 네 , 현금을 많이 가져 가지 마세요 .

명수 : 그럼 돈을 조금 가져 가야겠어요 .

▶ 명수 씨가 가는 곳에는 나쁜 사람이 많아서 (　　　　　　) 합니다 . 그래서 명수 씨는 돈
　을 (　　　　) 가져 갑니다 .

2.

소령 : 여기에 쓰레기를 버리면 안 돼요 .

명수 : 근처에 쓰레기통이 없어요 .

소령 : 쓰레기를 직접 가지고 집으로 가야 해요 .

▶ (　　　　) 이 없어서 쓰레기를 가지고 집으로 (　　　　) .

解答→ P151

## 10 / 운동을 하면 건강에도 좋은 것 같아요.
運動的話好像對健康不錯。

**文法 :** - 것 같다、어떤

---

### 대화 對話

**그림을 보고 대화를 읽어 봅시다 . 請看著圖片試著對話看看。** 🔊 MP3:037

● 진소령 : 명수 씨 , 어제 뉴스 봤어요 ? 한국하고 대만의 야구 경기가 있었어요 .

● **이명수 :** 어제 텔레비전에서 봤어요 . 대만이 이겼어요 . 하하하하 .

● 진소령 : 한국이 져서 너무 아쉬워요 . 명수 씨는 어떤 스포츠를 좋아해요 ?

● **이명수 :** 야구도 좋아하고 농구도 좋아해요 . 소령 씨는요 ?

● 진소령 : 저는 탁구와 테니스를 좋아해요 . 운동을 하면 건강에도 좋은 것 같아요 .

● **이명수 :** 맞아요 . 저는 스트레스가 있을 때 달리기를 해요 .

## 단어 1 單字 1 🔊 MP3:038

| 뉴스 新聞 | 야구 棒球 | 경기 競技；景氣 |
|---|---|---|
| 이기다 贏 | 지다 輸 | 아쉽다 可惜 |
| 농구 籃球 | 탁구 桌球 | 테니스 網球 |
| 건강에 좋다 對健康好 | 스트레스 壓力 | 달리기 跑步 |

## 대화 번역 對話翻譯

陳小玲：明秀先生，昨天看了新聞嗎？有韓國和台灣的棒球比賽。

李明秀：昨天在電視上看到了。台灣贏了。哈哈哈哈。

陳小玲：韓國輸了好可惜哦。明秀先生喜歡哪種運動呢？

李明秀：棒球也喜歡還有籃球也喜歡。小玲小姐呢？

陳小玲：我喜歡桌球和網球。運動的話好像對健康不錯。

李明秀：是的。我有壓力的時候就會跑步。

## 문법 文法

### （一）- 것 같다

相當於中文的「好像～」，可接續在名詞、動詞和形容詞後方使用。其使用差異如下：

● N ＋같다：固定接續在名詞後方使用，無收尾音有無之區分。

  例如 **친구가 한국 사람 같아요**. 朋友好像韓國人。

● N ＋인 것 같다：相當於中文的「好像是～」，固定接續在名詞後方使用，無收尾音有無之區分。

  例如 **친구가 한국 사람인 것 같아요**. 朋友好像是韓國人。

● V ＋는 것 같다：此為動詞的現在式表達方式，將動詞原形去掉「다」直接加上即可。

  例如 **친구가 지금 오는 것 같아요**. 朋友好像現在正在來。

● V ＋ㄴ / 은 것 같다：此為動詞的過去式表達方式，將動詞原形去掉「다」後，有收尾音有無之區分。有收尾音時＋「은」；無收尾音時＋「ㄴ」。

  例如 **비가 온 것 같아요**. 好像下雨了。

  **밥을 먹은 것 같아요**. 好像吃飯了。

● V＋ㄹ／을 것 같다：此為動詞的未來式表達方式，將動詞原形去掉「다」後，有收尾音有無之區分。有收尾音時＋「을」；無收尾音時＋「ㄹ」。

例如 **내일 비가 올 것 같아요**. 明天好像會下雨。

● Adj＋ㄴ／은／는 것 같다：此為形容詞的現在式表達方式，將形容詞原形去掉「다」後，依照「的」的用法決定使用「ㄴ」、「은」、「는」。

例如 **그 영화는 재미있는 것 같아요**. 那部電影好像有趣。

● Adj＋ㄹ／을 것 같다：此為形容詞的未來式表達方式，將形容詞原形去掉「다」後，有收尾音有無之區分。有收尾音時＋「을」；無收尾音時＋「ㄹ」。

例如 **내일 날씨가 좋을 것 같아요**. 明天好像天氣好。


### (二) 어떤

相當於中文的「哪種的」、「怎麼樣的」、「有的」、「什麼樣的」，為疑問詞的一種，後方可接續任何名詞。特別要注意的是，當問句有帶「的」時，回答時，也需要加上「的」。

例如

가：**어떤** 영화를 좋아해요？喜歡哪種的電影？

나：재미있는 영화를 좋아해요. 喜歡有趣的電影。

가：**어떤** 차를 마시고 싶어요？想要喝什麼樣的茶？

나：쓴 차를 마시고 싶어요. 想要喝苦的茶。

## 단어 2 單字 2 🔊 MP3:039

| | | |
|---|---|---|
| 집안일 家事 | 치다 打；拍 | 골프 高爾夫 |
| 시다 酸 | 돌아오다 回來 | 들어오다 進來 |
| 식초 食醋 | 레몬 檸檬 | 짜다 鹹 |
| 소금 鹽巴 | 사다 買 | 싸다 便宜 |
| 살다 住 | 싸게 便宜地 | 맛없다 不好吃 |

**위의 단어를 보고 아래 빈 칸을 채우세요 . 請將上面的單字填入以下的空格中。**

1. 동대문 시장에서 치마를 정말 (　　　　　) 샀어요 . 在東大門市場買了很便宜的裙子。

2. 저는 (　　　　　) 을 / 를 칠 수 있어요 . 我會打高爾夫球。

3. 제 친구는 한국에서 (　　　　　) 았 / 었어요 . 我朋友從韓國回來了。

4. 밖에 춥지요 ? 빨리 (　　　　　) 세요 . 外面冷吧 ? 請快點進來。

5. (　　　　　) 하고 (　　　　　) 은 / 는 십니다 . 食醋和檸檬（味道）酸。

6. (　　　　　) 이 / 가 많이 있는 음식은 짜요 . 有很多鹽巴的食物鹹。

7. 지금 한국 어디에 (　　　　　) ㅏ / ㅓ요 ? 現在住在韓國哪裡 ?

8. 요즘 어머니께서 (　　　　　) 때문에 바쁘세요 . 最近媽媽因為家事忙碌。

9. 식초는 (　　　　　) 고 , 소금은 (　　　　　) ㅂ / 습니다 .
   食醋（味道）酸然後鹽巴（味道）鹹。

10. 보통 (　　　　　) ㄴ / 는 음식은 가격이 싸요 . 一般（而言）不好吃的食物價格便宜。

---

MP3 를 들어 보고 따라합시다 . 請聽聽 MP3 然後跟著做。 🔊 MP3:039

解答→ P151

## 문법 연습 文法練習

**（一）N + [조사] + N +같다.** 문장을 만드십시오. 請造句。

例 친구가 대만 사람 같아요.

1. 那個人好像歌手。 → _____

2. 那個朋友好像外國人。 → _____

**（二）N + [조사] + N +인 것 같다.** 문장을 만드십시오. 請造句。

例 친구가 대만 사람인 것 같아요.

1. 那個人好像是歌手。 → _____

2. 那個朋友好像是外國人。 → _____

**（三）N + [조사] + V +는 것 같다.** 문장을 만드십시오. 請造句。

例 지금 비가 오는 것 같아요.

1. 現在好像在吃飯。 → _____

2. 現在好像在上課。 → _____

**（四）N + [조사] + V +ㄴ/은 것 같다.** 문장을 만드십시오. 請造句。

例 그 사람이 온 것 같아요.

1. 好像是昨天見面了。 → _____

2. 好像是上星期做了。 → _____

（五）**N＋[ 조사 ]＋Adj＋ㄴ/은/는 것 같다**. **문장을 만드십시오**. 請造句。

例 그 영화가 재미있는 것 같아요.

1. 朋友好像忙。 → _____

2. 個子好像矮。 → _____

（六）**N＋[ 조사 ]＋V/Adj＋ㄹ/을 것 같다**. **문장을 만드십시오**. 請造句。

例 내일 날씨가 좋을 것 같아요.

1. 明天好像要去韓國。 → _____

2. 下午好像要運動。 → _____

（七）**어떤＋N＋V/Adj＋[ 아/어/해요 ]**. **문장을 만드십시오**. 請造句。

例 가 : 어떤 음식을 좋아하세요?
　　나 : 맛있는 음식을 좋아해요.

1. 가：想看什麼樣的電影？ → _____

　 나：想看有趣的電影。 → _____

2. 가：和什麼樣的人見面了？ → _____

　 나：和親切的人見面了。 → _____

解答→ P151

정리 整理

**（一）다음 한국어 단어를 중국어로 쓰십시오. 請寫出下列韓語單字的中文。**

| 韓文 | 中文 | 韓文 | 中文 |
|------|------|------|------|
| 뉴스 | 新聞 | 경기 | |
| 이기다 | | 지다 | |
| 짜다 | | 시다 | |
| 스트레스 | | 건강에 좋다 | |
| 돌아오다 | | 들어오다 | |

**（二）MP3 를 듣고 빈 칸을 채우십시오. 請聽下列 MP3 的對話，並填入適當的單字。** 🔊 MP3:040

1.

명수 : 대만과 한국의 야구 경기가 있어요.

소령 : 한국이 이길 것 같아요?

명수 : 모르겠어요. 대만 야구는 너무 강해요.

소령 : 저는 대만이 이길 것 같아요.

▶ 대만과 한국의 야구 (　　　　　) 가 있습니다. (　　　　　) 이 질 것 같습니다.

2.

소령 : 요즘 시험 때문에 스트레스를 받고 있어요.

명수 : 스트레스는 건강에 안 좋아요. 이번에 합격할 수 있을 것 같아요?

소령 : 시험이 어려워서 잘 모르겠어요.

▶ 소령 씨는 시험이 있어서 (　　　　　) 가 많습니다. (　　　　　) 이 어렵기 때문입
  니다.

解答→ P152

**다음 문장을 보고 답하십시오.　請看以下文章並回答。**

> **1**
>
> 　이명수 씨는 오늘 처음으로 취두부를 먹어봤습니다. 처음에는 냄새가 이상해서 먹기 싫었습니다. 그런데 취두부를 먹는 동안 이상한 냄새는 나지 않았습니다. 맛도 괜찮았습니다. 명수 씨는 예전에는 취두부를 먹을 수 없었는데, 지금은 먹을 수 있습니다. 대만 사람이 된 것 같습니다.

**맞으면 ○ , 틀리면 × 하십시오. 對的請打○ , 錯的請打 × 。**

（1）명수 씨는 예전에 취두부를 먹어본 적이 없습니다. (　)

（2）명수 씨는 취두부를 많이 먹어 봤습니다. (　)

（3）취두부의 이상한 냄새는 먹는 동안에도 있었습니다. (　)

> **2**
>
> 　진소령 씨는 지난 일요일에 처음으로 한국에 가봤습니다. 대만에 있을 때 명수 씨와 한국어 연습을 많이 해서 쉽게 길을 찾을 수 있었습니다. 명동에 가서 화장품과 옷을 샀습니다. 그리고 길에서 연예인도 봤습니다. 사진도 찍고 싸인도 받았습니다.

**맞으면 ○ , 틀리면 × 하십시오. 對的請打○ , 錯的請打 × 。**

（1）소령 씨는 한국에 처음으로 가봤습니다. (　)

（2）한국에 가기 전에 한국어 공부를 했습니다. (　)

（3）명동에서 연예인을 보고 싸인을 받았습니다. (　)

解答→ P152

Memo

# PART 3
# 회화

會話
3

# PART 3
# 회화 會話3

## 11/ 오늘은 술 마시기 싫어요.
今天不想要喝酒。

**文法**：-기、-는 것、-게

---

### 대화 對話

**그림을 보고 대화를 읽어 봅시다. 請看著圖片試著對話看看。** 🔊 MP3:041

- 🔘 진소령 : 배가 고파요. 우리 식사하는 것이 어때요?

- ⚫ **이명수** : 좋아요. 그런데 근처에 식당이 없어요. 자리를 옮기는 것이 어때요?

- 🔘 진소령 : 어디로 가고 싶어요? 저는 한국 식당에 가고 싶은데요.

- ⚫ **이명수** : 그럼 우리 삼겹살하고 소주 한 잔 어때요?

- 🔘 진소령 : 저는 치킨을 먹고 싶어요. 오늘은 술을 마시기 싫어요.

- ⚫ **이명수** : 알겠어요. 그럼 먼저 치킨집부터 찾아 볼게요.

## 단어 1 單字 1 🔊 MP3:042

| 자리 位置 | 치킨 炸雞 | 삼겹살 五花肉 |
|---|---|---|
| 소주 燒酒 | 찾다 找 | 술 酒 |
| 먼저 首先 | | |

## 대화 번역 對話翻譯

陳小玲：肚子餓。我們吃飯如何呢？

李明秀：好。可是附近沒有餐廳。換地方如何呢？

陳小玲：想要去哪裡呢？我想要去韓式料理店。

李明秀：那麼我們吃五花肉和喝杯燒酒如何呢？

陳小玲：我想要吃炸雞。今天不想要喝酒。

李明秀：知道了。那麼先找找看炸雞店。

## 문법 文法

### （一）-기

固定接續在動詞後方使用，為「將動詞名詞化」的文法。動詞要轉換為名詞時，只要將動詞原形去掉「다」直接加上「-기」即可，後方亦可加上助詞「가」。特別要注意的是，句子最後方會固定會加上形容詞。

例如 **빵을 만들기**(가) 힘들어요. 做麵包很辛苦。

**한국어를 배우기** 어려워요. 學韓國語很困難。

### （二）-는 것

相當於中文的「～的這件事」，可接續在動詞後方使用。為「將動作整個轉換為主格或是受格」的用法。轉換時，將動詞原形去掉「다」直接加上「-는 것」即可。

● 當主格時：動詞＋는 것＋이＝動詞＋는 게

● 當受格時：動詞＋는 것＋을＝動詞＋는 걸

例如 **한국어 배우는 것**이 저에게 쉽지 않아요. 學韓國語這件事對我不容易。

※ 若遇到需要使用形容詞的情形時，在形容詞後面加上아/어/해 지다即可。

## 5 （三）Adj ＋게

相當於中文的「～地」、「～得」，固定接續在形容詞後方使用。使用時，將形容詞原形去掉「다」直接加上「-게」即可。特別要注意的是，句子最後方固定會加上動詞。

例如 **아이가 크게** 울었어요 . 孩子大聲地哭了；孩子哭得很大聲。

**맛있게** 드세요 . 請好好享用。

### 단어 2 單字 2 🔊 MP3:043

| 곳　地方 | 맡기다　交給；寄放 | 한식　韓式 |
|---|---|---|
| 양식　西式 | 일식　日式 | 중식　中式 |
| 햄버거　漢堡 | 콜라　可樂 | 맥도날드　麥當勞 |
| 바닷가　海邊 | 회　生魚片 | 식당가　美食街 |
| 다양하다　多樣 | 스파게티　義大利麵 | 피자　披薩 |

**위의 단어를 보고 아래 빈 칸을 채우세요 . 請將上面的單字填入以下的空格中。**

1. 짐을 맡기는 (　　　　　) 이 / 가 어디예요 ? 寄放行李的地方在哪裡呢 ？

2. 짐을 (　　　　　) 고 싶어요 . 想要寄放行李。

3. 맥도날드에서 (　　　　) 하고 (　　　　) 을 / 를 주문했어요 . 在麥當勞點了漢堡和可樂。

4. 백화점 (　　　　) 은 / 는 다양한 음식이 많이 있는 (　　　　) 입니다 .
   百貨公司的美食街是有很多種食物的地方。

5. (　　　　) 은 / 는 일본식 음식이고 (　　　　) 은 / 는 서양식 음식입니다 .
   日式是日本式的食物，然後西式是西洋式的食物。

6. 짜장면과 짬뽕은 (　　　　) 입니다 . 炸醬麵和炒碼麵是中式料理。

7. (　　　　) 하고 (　　　　) 를 파는 (　　　　) 은 / 는 양식집입니다 .
   賣義大利麵和披薩的地方是西式料理店。

8. (　　　　) 에서 먹는 회는 정말 맛있습니다 . 在海邊吃的生魚片真的很好吃。

9. 어제 남자친구와 같이 (　　　　) 을 / 를 걸었습니다 . 昨天和男朋友一起去海邊走走。

10. (　　　　) 에는 불고기 , 비빔밥 , 김치찌개 등이 있습니다 .
    韓式料理店有烤肉、拌飯、泡菜鍋。

---

MP3 를 들어 보고 따라합시다 . 請聽聽 MP3 然後跟著做 . 🔊 MP3:043

解答→ P153

### 문법 연습 文法練習

（一）**N + [ 조사 ] + V +기 ( 가 ) + Adj + [ 겸양어 ]. 문장을 만드십시오** . 請造句。

例 한국어를 배우기가 어려워요 .

1. 準備考試不容易。 → _____

2. 喜歡吃辣的東西 → _____

（二）**N + [ 조사 ] + V +는 것이+ Adj + [ 겸양어 ]. 문장을 만드십시오** . 請造句。

例 한국어를 배우는 것이 쉽지 않아요 .

1. 做麵包很難。 → _____

2. 運動對身體很好。 → _____

（三）**N + [ 조사 ] + V +는 것을+ Adj + [ 겸양어 ]. 문장을 만드십시오** . 請造句。

例 제 친구는 노는 것을 싫어해요 .

1. 妹妹喜歡看連續劇。 → _____

2. 哥哥喜歡開車。 → _____

（四）**N + [ 조사 ] + Adj +게+ V + [ 겸양어 ]. 문장을 만드십시오** . 請造句。

例 그 아이가 크게 웃었어요 .

1. 那個演員長得很帥。 → _____

2. 正在房間安靜地看書。 → _____

解答→ P153

정리 整理

**（一）다음 한국어 단어를 중국어로 쓰십시오. 請寫出下列韓語單字的中文。**

| 韓文 | 中文 | 韓文 | 中文 |
|------|------|------|------|
| 먼저 | 首先 | 곳 | |
| 한식 | | 찾다 | |
| 양식 | | 일식 | |
| 바닷가 | | 다양하다 | |
| 맡기다 | | 치킨 | |

**（二）MP3 를 듣고 빈 칸을 채우십시오. 請聽下列 MP3 的對話，並填入適當的單字。** 🔊 MP3:044

1.

명수 : 한국 바닷가에 가 본 적이 있어요 ?

소령 : 그럼요 . 교환 학생 때 동해 바다에 간 적이 있어요 .

명수 : 바닷가 근처에서 회랑 소주랑 먹으면 정말 맛있어요 .

소령 : 그 때 다양한 해산물을 맛있게 먹었어요 .

▶ 소령 씨는 (                ) 때 동해 바다에 간 적이 있습니다 . 동해 바닷가에서
   (                ) 을 (                ) 먹었습니다 .


2.

소령 : 이 백화점 식당가에는 다양한 음식이 있어요 .

명수 : 한식도 먹을 수 있나요 ? 매운 것이 먹고 싶어요 .

소령 : 먹고 싶은 것이 있으면 다 말하세요 . 다 먹을 수 있어요 .

▶ 소령 씨와 명수 씨는 백화점 (                ) 에 있습니다 . 명수 씨는 (                )
   음식을 먹고 싶습니다 .

解答→ P154

# 12／ 내일 뭐하러 공항에 가요 ?

明天要去機場做什麼？

**文法 : - 러 / 으러 、 - 려고 / 으려고 、 - 았 / 었 / 했으면 좋겠다**

## 대화 對話

**그림을 보고 대화를 읽어 봅시다 . 請看著圖片試著對話看看。** 🔊 MP3:045

● 진소령 : 명수 씨는 내일 뭐하러 공항에 가요 ?

● 이명수 : 내일 부모님께서 대만에 오세요 .

● 진소령 : 좋겠어요 . 그런데 부모님께서는 여행하러 오시는 거예요 ?

● 이명수 : 네 , 이번에 오시면 제가 모시고 다닐 거예요 .

● 진소령 : 명수 씨는 효자예요 . 부모님께서도 좋아하시겠어요 .

● 이명수 : 아마도요 ? 제대로 대만을 보여 드리려고 준비를 많이 하고 있어요 .

단어 1 單字 1 🔊 MP3:046

| 공항 機場 | 부모님 父母 | 여행하다 旅行 |
|---|---|---|
| 모시다 服侍；侍奉 | 다니다 來回 | 효자 孝子 |
| 아마도 可能是；應該是 | 제대로 順利；照舊 | 준비하다 準備 |

### 대화 번역 對話翻譯

陳小玲：明秀先生明天為了什麼去機場？

李明秀：明天父母來台灣。

陳小玲：太好了。可是父母是來旅行嗎？

李明秀：是的，這次來的話，我會帶著到處走走。

陳小玲：明秀先生是孝子呀。父母也會喜歡的。

李明秀：可能哦？為了好好地帶他們看看台灣，正在做很多的準備。

### 문법 文法

#### （一）- 러 / 으러 가다 / 오다

　　相當於中文的「為了～去～」、「為了～來～」，固定接續在動詞後方使用。如需加上地點，可放在「가다」或是「오다」的前方。動詞有收尾音有無之區分，有收尾音時＋「으러 가다 / 오다」，無收尾音時＋「러 가다 / 오다」。特別要注意的是，後方的「가다」和「오다」不能替換成別的動詞。

例如　**영화를 보러 영화관에 가요** . 去電影院看電影；為了看電影去電影院。

　　**밥을 먹으러 식당에 와요** . 來餐廳吃飯；為了吃飯來餐廳。

#### （二）- 려고 / 으려고

　　相當於中文的「為了～」、「要～」，為連接二個動詞時使用。有收尾音有無之區分，有收尾音時＋「으려고」，無收尾音時＋「려고」。特別要注意的是，「- 려고 / 으려고」與「- 러 / 으러」不同的地方在於，「- 러 / 으러」後方只能接「가다」或「오다」，而「- 려고 / 으려고」後方可接任何動詞。

例如　**날씬해 지려고 운동해요** . 為了變苗條而運動。

　　**남자친구를 만나려고 한국에 갔어요** . 為了和男朋友見面去了韓國。

## （三）- 았 / 었 / 했으면 좋겠다

　　相當於中文的「～的話就好了」、「希望～」，可接續在動詞或形容詞後方使用。為表達「希望發生，但不一定可以實現的事情」。

例如　내 마음을 **받았으면 좋겠어요**. 能夠接受我的心的話就好了。

　　　그 사람이랑 다시 **만났으면 좋겠어요**. 能夠再和那個人見面的話就好了。

### 단어 2 單字 2　🔊 MP3:047

| | | |
|---|---|---|
| 최고　最棒；最厲害 | 함께　一起 | 모으다　收集 |
| 지하　地下 | 예쁘다　漂亮 | 조용하다　安靜 |
| 시끄럽다　吵 | 시원하다　涼爽 | 켜다　開 |
| 빌리다　借 | 냉면　冷麵 | 끄다　關 |
| 어둡다　黑暗 | 꽃다발　花束 | 깨끗하다　乾淨 |

**위의 단어를 보고 아래 빈 칸을 채우세요**. 請將上面的單字填入以下的空格中。

1. 여름에 먹는 (　　　　　　) 은 / 는 정말 시원해요. 夏天吃的冷麵真的很涼爽。

2. 방 청소를 해서 (　　　　　　) ㅂ / 습니다. 因為打掃房間所以很乾淨。

3. 냉면을 먹으러 간 식당에 사람이 많아요. 너무 (　　　　　　) ㅏ / ㅓ요.
   為了吃冷麵而去的餐廳很多人。非常吵。

4. 보통 백화점 (　　　　　　) 1 층에 슈퍼마켓과 식당가가 있고 , (　　　　　　) 2 층부터
   (　　　　　　) 주차장이 있습니다. 一般百貨公司地下 1 樓有超級市場和餐廳，然後從地下
   2 樓起是地下停車場。

5. 남자 친구와 (　　　　　　) 한국 여행을 가려고 돈을 (　　　　　　) 고 있어요.
   打算和男朋友一起去韓國旅遊所以正在存錢。

6. 이 한식집의 맛은 정말 (　　　　　　) 입니다. 這間韓式料理店的味道真的很棒。

7. 영화가 시작했어요. 휴대폰을 (　　　　　　) 세요. 그리고 조용히 하세요.
   電影開始了。請關手機。然後請安靜。

8. 졸업할 때 예쁜 (　　　　　　) 을 / 를 받았어요. 畢業的時候收到了漂亮的花束。

9. 도서관에서 책을 한 권 (　　　　　　) 았 / 었습니다. 在圖書館借了一本書。

10. 방이 너무 (　　　　　　) ㅏ / ㅓ요. 방에 불 좀 (　　　　　　) 세요. 房間很暗。請開房間的燈。

> MP3 를 들어 보고 따라합시다. 請聽聽 MP3 然後跟著做。　🔊 MP3:047

解答→ P154

### 문법 연습 文法練習

**（一）N ＋[ 조사 ]＋ V ＋러 / 으러 가다 / 오다 .** 문장을 만드십시오 . 請造句。

例 친구가 아르바이트하러 가요 .

1. 去看電影。 → _____

2. 來吃飯。 → _____

**（二）N ＋[ 조사 ]＋ V ＋러 / 으러＋[ 장소 ]＋가다 / 오다 .** 문장을 만드십시오 . 請造句。

例 친구가 아르바이트하러 도서관에 가요 .

1. 去電影院看電影。 → _____

2. 來餐廳吃飯。 → _____

**（三）N ＋[ 조사 ]＋ V ＋려고 / 으려고＋ V ＋[ 겸양어 ].** 문장을 만드십시오 . 請造句。

例 친구가 여행하려고 해요 .

1. 要和女朋友見面。 → _____

2. 打算制作人蔘雞湯。 → _____

**（四）N ＋[ 조사 ]＋ V ＋려고 / 으려고＋장소＋ V ＋[ 겸양어 ].** 문장을 만드십시오 . 請造句。

例 빵을 만들려고 부엌에 갔어요 .

1. 要和女朋友見面來了咖啡廳。 → _____

2. 為了吃人蔘雞湯去韓國餐廳。 → _____

（五）**N ＋ [ 조사 ] ＋ V / Adj ＋았 / 었 / 했으면 좋겠다 .** 문장을 만드십시오 . 請造句。

[例] 내일 날씨가 좋았으면 좋겠어요 .

1. 下星期見面的話就好了 / 希望下星期可以見面。 → _____

2. 會游泳的話就好了。 → _____

（六）**N ＋조사＋ V / A ＋았 / 었 / 했으면 좋겠다＋ [ 연결사 ] ＋ [ 겸양어 ].**
문장을 만드십시오 . 請造句。

[例] 친구랑 만났으면 좋겠는데 시간이 없어요 .

1. 我想和那個男生一起去旅行，但是沒有錢。 → _____

2. 能夠接受我的心意的話好了，但是沒有接受。 → _____

解答→ P155

**（一）다음 한국어 단어를 중국어로 쓰십시오. 請寫出下列韓語單字的中文。**

| 韓文 | 中文 | 韓文 | 中文 |
|------|------|------|------|
| 모시다 | 服侍；侍奉 | 다니다 | |
| 시끄럽다 | | 조용하다 | |
| 빌리다 | | 어둡다 | |
| 제대로 | | 준비하다 | |
| 켜다 | | 끄다 | |

**（二）MP3 를 듣고 빈 칸을 채우십시오. 請聽下列 MP3 的對話，並填入適當的單字。** 🔊 **MP3:048**

1.

명수 : 부모님께서 대만에 오시는데 어디 좋은 곳 없을까요 ?

소령 : 교통이 편리하고 조용한 곳으로 모시고 다니세요 .

명수 : 시끄럽지 않은 곳이 있으면 알려 주세요 .

소령 : 기차를 타고 시골로 가는 것은 어때요 ?

▶ 명수 씨의 부모님 (　　　　　) 대만에 오십니다 . 교통이 좋고 (　　　　　) 으로 갈 겁니다 .


2.

소령 : 명수 씨의 핸드폰 소리가 너무 시끄러워요 .

명수 : 죄송해요 . 끄는 것을 잊었어요 .

소령 : 음악회는 조용히 해야 하는 곳이에요 . 조심하세요 .

▶ 소령 씨와 명수 씨는 (　　　　　) 에 갔습니다 . 명수 씨는 핸드폰을 (　　　　　) 을 잊었습니다 .

解答→ P155

# 13 / 매운 음식을 잘 먹지요 ?

很能吃辣吧 ?

**文法 :** - 네요、- 군요、- 겠군요

## 대화 對話

**그림을 보고 대화를 읽어 봅시다 . 請看著圖片試著對話看看。** 🔊 **MP3:049**

🔘 **진소령 :** 매운 음식을 잘 먹지요 ?

🔵 **이명수 :** 아니요 . 매운 음식을 잘 못 먹어요 .

🔘 **진소령 :** 한국 사람 맞아요 ? 그럼 대만의 매운 음식도 못 먹겠군요 .

🔵 **이명수 :** 네 , 그런데 매운 음식을 못 먹으면 한국 사람이 아닌가요 ?

🔘 **진소령 :** 그런 건 아니죠 . 그런데 좀 신기하네요 .

🔵 **이명수 :** 소령 씨는 매운 음식을 잘 먹죠 ?

단어 1 單字 1 🔊 MP3:050

| 맵다 辣 | 음식 食物 | 신기하다 神奇 |

대화 번역 對話翻譯

陳小玲：很能吃辣的食物吧？

李明秀：不是的。不太能吃辣的食物。

陳小玲：是韓國人對吧？那麼台灣辣的食物應該也沒辦法吃吧。

李明秀：是的。可是不太能吃辣的話就不是韓國人了嗎？

陳小玲：不是那樣的。可是有點神奇呀。

李明秀：小玲小姐很能吃辣吧？

문법 文法

### （一）- 네요

　　為感嘆語氣的語尾。可接續在動詞或形容詞後方使用。使用時，直接將動詞或形容詞原形的「다」去掉，再加上「- 네요」即可。

例如　**강아지가 참 귀엽네요**. 小狗真是可愛啊。

**그 가수가 노래를 참 잘하네요**. 那個歌手歌唱得真好呢。

### （二）-（는）군요

　　為感嘆語氣的語尾。對於剛剛知道的事情產生感嘆的語氣。可接續在名詞、動詞、形容詞後方使用。使用時，直接將名詞、動詞、形容詞原形的「다」去掉，再加上「-（는）군요」即可。

例如　**명수 씨군요**. 是明秀先生啊。

**여기 사람들이 많이 왔군요**. 這裡來了好多人哦。

**이 비빔밥은 참 맛있군요**. 這個韓式拌飯真是好吃呀。

### （三）- 겠군요

　　為推測語氣的感嘆型語尾。對於剛剛知道的事情產生推測的語氣。可接續在動詞、形容詞後方使用。使用時，直接將動詞、形容詞原形的「다」去掉，再加上「- 겠군요」即可。

例如 가 : 어제 잠을 못 잤어요 . 昨天失眠了。

나 : 피곤하겠군요 . 應該很累吧。

가 : 아까 친구랑 싸웠어요 . 剛剛和朋友吵架了。

나 : 기분이 나빠지겠군요 . 心情應該變不好了。

## 단어 2 單字 2  🔊 MP3:051

| 밝다 亮 | 항상 總是 | 가장 最 |
|---|---|---|
| 시청 市政府 | 모임 集合；聚會 | 동창 同窗；同學 |
| 흐리다 流；流逝 | 맑다 晴朗；開朗 | 날 日子 |
| 요일 星期 | 장소 場所；地點 | 다녀오다 回來 |
| 계절 季節 | 떠나다 離開 | 이사하다 搬家 |

**위의 단어를 보고 아래 빈 칸을 채우세요 . 請將上面的單字填入以下的空格中。**

1. (　　　　　) 에는 봄 , 여름 , 가을 , 겨울이 있어요 . 어느 (　　　　　) 을 / 를 좋아해요 ?
   季節有春天、夏天、秋天、和冬天。 喜歡哪個季節呢 ?

2. 이번 일요일에 고등학교 (　　　　　) 모임이 있어요 . 這個星期日有高中同學聚會。

3. 매주 수요일에 언어 교환 (　　　　　) 이 / 가 있어요 . 같이 가요 .
   每個星期三有語言交換的聚會。 一起去。

4. 제 남자 친구가 곧 대만을 (　　　　　) ㅏ / ㅓ서 슬퍼요 .
   因為我的男朋友快要離開台灣所以難過。

5. 모임 (　　　　　) 은 / 는 어디가 (　　　　　) 좋을까요 ? 聚會的場所哪裡最好呢 ?

6. 어머니 ! 학교 (　　　　　) 겠습니다 . 媽媽 ! 我上學回來了。

7. (　　　　　) 에는 월요일 , 화요일 , 수요일 , 목요일 , 금요일 , 토요일 , 일요일이 있습니다 .
   星期有星期一、星期二、星期三、星期四、星期五、星期六、星期日。

8. 오늘은 (　　　　　) 앞에서 동창과 모임이 있는 (　　　　　) 이에요 .
   今天是和同學在市政府前面聚會的日子。

9. 짐을 정리하시는군요 . 이번에 어디로 (　　　　　) 세요 ? 在整理行李啊。這次要搬去哪裡呢 ?

10. 제 동생은 (　　　　　) 표정이 (　　　　　) ㅏ / ㅓ요 . 我的弟弟總是開朗的表情。

---

MP3 를 들어 보고 따라합시다 . 請聽聽 MP3 然後跟著做。 🔊 MP3:051

解答→ P156

문법 연습 文法練習

**（一）** N + [조사] + V / Adj +네요 . **문장을 만드십시오** . 請造句。

例 날씨가 참 따뜻하네요 .

1. 個子高耶。 → _____

2. 房間乾淨耶。 → _____

**（二）** N + [조사] + N +군요 . **문장을 만드십시오** . 請造句。

例 그 분이 선생님이군요 .

1. 那個人是歌手耶。 → _____

2. 爸爸是社長耶。 → _____

**（三）** N + [조사] + V +는군요 . **문장을 만드십시오** . 請造句。

例 여동생이 지금 운동을 하는군요 .

1. 媽媽正在生氣啊。 → _____

2. 人們正在來啊。 → _____

**（四）** N + [조사] + Adj +군요 . **문장을 만드십시오** . 請造句。

例 이 음식은 맛있군요 .

1. 這件衣服漂亮耶。 → _____

2. 那部電影有趣耶。 → _____

（五） **N + [ 조사 ] + V / Adj + 겠군요 . 문장을 만드십시오 .** 請造句。

例 가 : 어제 잠이 못 잤어요 .
　　 나 : 몸이 많이 피곤하겠군요 .

1. 가 : 明天要旅行。 → _____

　　 나 : 心情應該很開心吧。 → _____

2. 가 : 昨天工作非常多。 → _____

　　 나 : 應該很累吧。 → _____

解答→ P156

101

PART 3
회화 會話 3

---

## 정리 整理

**（一）다음 한국어 단어를 중국어로 쓰십시오. 請寫出下列韓語單字的中文。**

| 韓文 | 中文 | 韓文 | 中文 |
|------|------|------|------|
| 항상 | 總是 | 가장 | |
| 흐리다 | | 맑다 | |
| 신기하다 | | 계절 | |
| 떠나다 | | 모임 | |
| 이사하다 | | 동창 | |

**（二）MP3 를 듣고 빈 칸을 채우십시오. 請聽下列 MP3 的對話，並填入適當的單字。** 🔊 MP3:052

1.

소령 : 무슨 일 있어요?

명수 : 어제 늦게까지 야근했어요.

소령 : 일이 많아요? 많이 피곤하시겠군요.

명수 : 괜찮아요. 소령 씨는 지금 식사하고 계시는군요.

▶ 명수 씨는 (          ) 때문에 (          ) 것 같아요. 소령 씨는 (          ) 고 있습니다.

2.

소령 : 명수 씨 언제 대만을 떠나세요?

명수 : 누가 대만을 떠나요? 다른 곳으로 이사하려고 해요.

소령 : 이사를 하면 피곤하시겠군요.

▶ 명수 씨는 대만을 (          ). 이사를 (          ) 합니다.

解答→ P157

# 14 / 얼마짜리예요 ?

### 是多少價位的呢 ?

**文法 :** 짜리、씩、마다

---

**대화 對話**

**그림을 보고 대화를 읽어 봅시다 . 請看著圖片試著對話看看。** 🔊 MP3:053

● **이명수 :** 핸드폰이 이상해요 . 하나 사야겠어요 .

● **진소령 :** 명수 씨 핸드폰은 얼마짜리예요 ?

● **이명수 :** 잘 기억이 안 나요 . 요즘 기능이 정말 다양해요 .

● **진소령 :** 네 , 그리고 매달마다 신제품이 나와요 . 여기 휴대폰이 많이 있네요 .

● **이명수 :** 소령 씨도 휴대폰 바꿀거예요 ?

● **진소령 :** 네 , 같이 바꿔요 . 오늘 우리 각자 휴대폰 한 대씩 살까요 ?

단어 1 單字 1 🔊 MP3:054

| 핸드폰 手機 | 이상하다 奇怪 | 얼마 多少 |
|---|---|---|
| 짜리 價值 | 기억이 나다 想起來 | 기능 功能 |
| 정말 真的 | 다양하다 多樣 | 매달 每個月 |
| 신제품 新產品 | 바꾸다 換 | 각자 各自 |

**대화 번역 對話翻譯**

李明秀：手機有點奇怪。要買一台了。

陳小玲：明秀先生的手機是什麼價位的呢？

李明秀：不太記得了。最近（手機）功能太多樣了。

陳小玲：是的，而且每個月都有新產品出來。這裡有很多手機呀。

李明秀：小玲小姐也要換手機嗎？

陳小玲：是的，一起換。今天我們要各自買一台手機嗎？

**문법 文法**

**（一）짜리**

　　屬於綴詞的一種，使用於表示具有「一定數量」或是「一定價值」時，常接續在量詞後方使用。

例如 **100 원짜리 동전이 있으면 빌려 주세요 .** 有 100 元銅板的話請借給我。

　　　**1000 원짜리 사과 하나 주세요 .** 請給我 1 個 1000 元的蘋果。

**（二）씩**

　　屬於綴詞的一種，接續在已加上量詞助詞「에」之後的其他量詞後使用。如有量詞「원」（元）時，固定加在「원」的後方。

例如 **한 사람씩 들어 오세요 .** 請一次進來一個人。

　　　**한 개에 1000 원씩이에요 .** 每一個 1000 元。

## (三) 마다

相當於中文「每」，固定接續在名詞後方使用。

例如 **사람마다** 얼굴이 달라요 . 每個人臉蛋都不同。

**월요일마다** 학원에 가요 . 每個星期一去補習班。

### 단어 2 單字 2 🔊 MP3:055

| 자주 常常 | 방법 方法 | 사용하다 使用 |
|---|---|---|
| 사진을 찍다 拍照 | 사진관 照相館 | 새 鳥 |
| 날다 飛 | 산책하다 散步 | 문제 問題 |
| 설명서 說明書 | 세탁기 洗衣機 | 생기다 產生 |
| 새로 全新 | 시계 時鐘；手錶 | 실례하다 失禮 |

**위의 단어를 보고 아래 빈 칸을 채우세요 . 請將上面的單字填入以下的空格中。**

1. 공원에 가서 (　　　　　) 산책해요 ? 저는 가끔 산책해요 . 常常去公園散步嗎 ? 我偶爾散步。

2. (　　　　　) 이 / 가 생겼어요 . 좋은 (　　　　　) 이 / 가 없을까요 ?
   有了問題。沒有好的方法嗎 ?

3. (　　　　　) 합니다 . 사진을 찍고 싶은데 여기가 사진관이 맞나요 ?
   不好意思。想要拍照，這裡是照相館對嗎 ?

4. 저는 날마다 강아지와 함께 (　　　　　) ㅂ / 습니다 . 我每天和小狗散步。

5. (　　　　) 을 / 를 샀는데 문제는 (　　　　) 방법을 몰라요 . (　　　　) 도 없어요 .
   買了洗衣機但是不知道使用方法。也沒有說明書。

6. (　　　　　) 에 가서 가족 사진을 찍었어요 . 去照相館拍了全家福。

7. 새 한 마리가 하늘을 (　　　　　) ㅏ / ㅓ요 . 一隻小鳥在天空飛。

8. 무슨 문제가 (　　　　　) 았 / 었어요 ? 有了什麼問題呢 ?

9. 이번에 나온 (　　　　　) 을 / 를 하나 샀는데 , 좀 비싸요 . 買了一個新出來的手錶，但有點貴。

10. 이번에 (　　　　) 생긴 한식집은 사람이 많아요 . 這間新開的韓式料理店人很多。

---

MP3 를 들어 보고 따라합시다 . 請聽聽 MP3 然後跟著做。🔊 MP3:055

解答→ P157

**문법 연습 文法練習**

**（一）N ＋짜리＋ [ 겸양어 ]. 문장을 만드십시오 . 請造句。**

例 5 만원짜리 지폐 있으세요 ?

1. 請給我面額 100 元的硬幣。 → _____

2. 請給我價值 100 元的草莓。 → _____

**（二）N ＋씩＋ [ 겸양어 ]. 문장을 만드십시오 . 請造句。**

例 한 분씩 물어 보세요 .

1. 在東大門市場各買了件裙子和褲子。 → _____

2. 五瓶 10000 元。 → _____

**（三）N ＋마디＋ [ 겸양어 ]. 문장을 만드십시오 . 請造句。**

例 아침마다 빵과 우유를 먹어요 .

1. 每個人都喜歡那部連續劇。 → _____

2. 每次上課心情都很好。 → _____

解答→ P157

**（一）다음 한국어 단어를 중국어로 쓰십시오.** 請寫出下列韓語單字的中文。

| 韓文 | 中文 | 韓文 | 中文 |
|---|---|---|---|
| 자주 | 常常 | 방법 | |
| 사용하다 | | 문제가 생기다 | |
| 기억이 나다 | | 신제품 | |
| 바꾸다 | | 사진을 찍다 | |
| 실례하다 | | 산책하다 | |

**（二）MP3 를 듣고 빈 칸을 채우십시오.** 請聽下列 MP3 的對話，並填入適當的單字。 🔊 MP3:056

1.

소령 : 제 사진기에 문제가 생겼어요 .

명수 : 사진기 자주 사용했어요 ?

소령 : 네 , 저는 날마다 사진을 찍어요 .

명수 : 그럼 , 새로 바꾸는 것이 더 좋겠어요 .

▶ 소령 씨는 (          ) 사진을 찍습니다 . 소령 씨의 사진기에 (          ).

2.

소령 : 명수 씨 , 동전 있어요 ?

명수 : 네 , 100 원 짜리하고 500 원 짜리 동전 많이 있어요 .

소령 : 그럼 , 1000 원만 100 원 짜리 동전으로 바꿔 주세요 .

▶ 소령 씨는 (          ) 을 100 원 (          ) 동전으로 바꾸려고 합니다 .

解答→ P158

# 15 / 요즘 컴퓨터는 핸드폰보다 싸요.

最近電腦比手機便宜。

**文法：** - 보다、- 밖에、만에、번째

## 대화 對話

**그림을 보고 대화를 읽어 봅시다. 請看著圖片試著對話看看。** 🔊 MP3:057

🔵 진소령 : 논문을 써야 하는데 컴퓨터가 고장났어요.

⚫ **이명수 :** 요즘 컴퓨터는 핸드폰보다 싸요.

🔵 진소령 : 그렇군요.

⚫ **이명수 :** 그런데 컴퓨터 산 후 얼마 만에 고장났어요?

🔵 진소령 : 1 년밖에 안 됐어요. 제 인생에서 모두 세번째 컴퓨터예요.

⚫ **이명수 :** 그냥 한 대 더 사세요. 요즘은 고치는 값이 더 비싸요.

## 단어 1 單字 1 🔊 MP3:058

| 논문 論文 | 컴퓨터 電腦 | 고장나다 故障 |
|---|---|---|
| 보다 和～比起來 | 그렇다 那樣 | 인생 人生 |
| 모두 全部；都 | 고치다 修理 | |

## 대화 번역 對話翻譯

陳小玲：必須寫論文但是電腦壞掉了。

李明秀：最近電腦比手機便宜。

陳小玲：原來如此。

李明秀：可是電腦買了多久以後壞掉了？

陳小玲：只不過 1 年。是我人生中的第三台電腦。

李明秀：那就請再買一台吧。最近修理的費用更貴。

## 문법 文法

### （一）- 보다

　　相當於中文的「和～比起來」、「和～相比」，固定接續在名詞後方使用。被比較的對象會固定放在「보다」的前方。後方常會接續「더」或是「훨씬」。

例如　**어제보다** 오늘은 더 더워요 . 昨天比今天更熱。

　　　**소령이 명수보다** 훨씬 똑똑해요 . 小玲比明秀更聰明。

### （二）- 밖에

　　相當於中文的「除了～之外」，固定接續在名詞後方使用。後方一定要接續否定或是負面類型的單字。另有相同意思、但用法不同的表達方式，就是在名詞後方接續「만」，且後方一定要接續肯定用法或是正面的單字，相當於中文的「只～」。

　　　N ＋밖에＋否定 ；負面＝ N ＋만＋肯定；正面

例如　**이것밖에** 사고 싶지 않아요 . ＝ **이것만** 사고 싶어요 .

　　　除了這個之外就不想買。 ＝ 只想買這個。

　　　**지금 1000 원밖에** 없어요 . ＝ **지금 1000 원만** 있어요 .

　　　現在除了 1000 韓元之外就沒有了。 ＝ 現在只有 1000 韓元。

## (三) 만에

相當於中文的「隔了～」或是「才～」。固定接續在名詞後方使用，尤其是時間類型的單字。特別要注意的是，如果解釋為「才～」，即表示針對事件而言時間是短的。但如果解釋為「隔了～」，即表示對於事件不一定是短時間。

例如 1 년 **만에** 그 사람을 다시 만났어요 . 隔了 1 年又再見到了那個人。

1 분 **만에** 잠을 들었어요 . 才 1 分鐘就睡著了。

## (四) 번째

為量詞的一種，相當於中文的「第～次」、「第～個」、「第～遍」，接續在純韓文的數字後方使用。特別要注意的是，要表達「第 1 次」、「第 1 個」、「第 1 遍」時，要用「첫번째」。

例如 이번에 한국에 오시는 게 몇 **번째**예요 ? 這次是第幾次來韓國 ?

첫 **번째**로 회사에 왔어요 . 是第一個來公司。

## 단어 2 單字 2 🔊 MP3:059

| 도와주다 給予幫助 | 청소기 吸塵器 | 돌리다 轉動 |
|---|---|---|
| 빨래하다 洗衣服 | 어린이 兒童 | 어른 長輩；大人 |
| 창문 門窗 | 우산 雨傘 | 가지고 가다 帶去 |
| 운전하다 駕駛 | 경치 景色 | 점원 店員 |
| 주머니 口袋 | 주부 主婦 | 요리 料理 |

**위의 단어를 보고 아래 빈 칸을 채우세요. 請將上面的單字填入以下的空格中。**

1. 한국 주부들은 (            ) 을 / 를 잘해요. 韓國主婦們很會做料理。

2. 청소를 할 때 (            ) 을 / 를 먼저 열고 (            ) 을 / 를 돌려요.
   打掃的時候先打開窗戶然後轉動吸塵器（指使用吸塵器）。

3. 요즘 빨래를 할 때 세탁기를 (            ) ㅏ / ㅓ요.
   最近要洗衣服的時候會轉動洗衣機（指使用洗衣機）。

4. (            ) 은 / 는 (            ) 보다 나이가 많아요. 大人比兒童年紀大。

5. 청소와 빨래를 해야 해요. 좀 (            ) 세요 / 으세요. 必須打掃和洗衣服。請幫忙我。

6. 날이 흐려요. (            ) 을 / 를 가지고 가세요. 天氣陰陰的。請帶雨傘去。

7. 산이 바다보다 (            ) 이 / 가 더 좋아요. 山上比海邊風景更好。

8. 바지 (            ) 에 휴대폰을 넣지 마세요. 조심하세요.
   請不要將手機放入褲子口袋。請小心。

9. 돈이 필요할 거예요. 돈 좀 (            ) 세요 / 으세요. 會需要錢。請帶錢去。

10. 피곤하실텐데 (            ) ㄹ 수 있어요? 應該很累吧，能夠開車嗎？

---

> MP3 를 들어 보고 따라합시다. 請聽聽 MP3 然後跟著做。 🔊 MP3:059

解答→ P158

## 문법 연습 文法練習

**（一）** N +보다+ N + [ 조사 ] +더+ V / Adj + [ 겸양어 ]. **문장을 만드십시오** . 請造句。

例 친구가 저보다 한국어를 더 잘해요 .

1. 弟弟比哥哥長的更帥。 → _____

2. 朋友比我更認真學習。 → _____

**（二）** N +밖에+ V / Adj +겸양어 = N +만+ V / Adj + [ 겸양어 ]. **문장을 만드십시오** . 請造句。

例 지금 교통카드밖에 없어요 . = 지금 교통카드만 있어요 .

1. 除了金老師之外都不認識。 ＝只認識金老師。 → _____

2. 除了韓國之外都不想去。＝只想要去韓國。 → _____

**（三）** N +만에+ V / Adj + [ 겸양어 ]. **문장을 만드십시오** . 請造句。

例 그 사람이랑 3 년 만에 다시 만났어요 .

1. 隔了二個月下雨了。 → _____

2. 才一個月就蓋了那棟建築。 → _____

**（四）** N +번째+ [ 겸양어 ]. **문장을 만드십시오** . 請造句。

例 이번에 한국에 오는게 세번째예요 .

1. 第一個來的人是誰呢？ → _____

2. 要給第十個客人禮物。 → _____

解答→ P159

정리 整理

**（一）다음 한국어 단어를 중국어로 쓰십시오 . 請寫出下列韓語單字的中文。**

| 韓文 | 中文 | 韓文 | 中文 |
|------|------|------|------|
| 논문 | 論文 | 고장나다 | |
| 고치다 | | 인생 | |
| 어린이 | | 어른 | |
| 경치 | | 주머니 | |
| 운전하다 | | 점원 | |

**（二）MP3 를 듣고 빈 칸을 채우십시오 . 請聽下列 MP3 的對話，並填入適當的單字。** ◀ MP3:060

1.

소령 : 어제 길에서 5 년 만에 고등학교 동창을 만났어요 .

명수 : 와 ! 진짜 반가웠겠군요 . 이야기 많이 했어요 ?

소령 : 아니요 . 우리 모두 바빠서 5 분밖에 대화를 하지 못 했어요 .

명수 : 생각보다 조금 대화했네요 .

▶ 소령 씨는 (        ) 5 년 (        ) 친구를 만났어요 .

   그런데 바빠서 5 분 (        ) 대화를 못 했어요 .

2.

소령 : 지갑을 안 가져 왔어요 . 혹시 만원 빌려줄 수 있어요 ?

명수 : 죄송해요 . 지갑에 오천 원밖에 없어요 .

소령 : 오랜만에 만났는데 오천 원밖에 안 가져왔어요 ?

▶ 소령 씨는 지갑을 가져오지 (        ). 그래서 만 원을 (        ) 싶습니다 .

   하지만 명수 씨는 돈이 오천 원 (        ) 없습니다 .

解答→ P159

**다음 문장을 보고 이야기하십시오.** 請看以下文章並回答。

> 오늘 나는 처음으로 길에서 한국 사람을 만났다. 예전에 한국 사람을 만난 적이 없어서 많이 긴장했다. 그 한국 사람은 나에게 길을 물어 보려고 중국어로 말을 했다. 그 사람의 중국어를 듣고 나는 바로 한국인인 것을 알았다. 그리고 한국어로 대답했다.
> "타이베이 101 빌딩에 가시려고 해요? 여기서 지하철을 타시는 게 제일 빨라요."
> 그 한국 사람은 나에게 한국말로 이야기를 많이 했다. 하지만 내 한국어 실력이 좋지 않아서 다 이해할 수는 없었다. 더 열심히 한국어를 공부해서 다음에는 한국 사람과 많은 대화를 할 수 있었으면 좋겠다.

**맞으면 ○, 틀리면 × 하십시오.** 對的請打○, 錯的請打 ×。

어제까지 한국 사람을 만난 적이 없었다. (　　)

한국 사람을 만나서 긴장했다. (　　)

한국 사람하고 타이베이 101 빌딩에서 만났다. (　　)

한국어를 잘해서 한국 사람의 말을 전부 이해할 수 있었다. (　　)

한국어 공부를 열심히 할 것이다. (　　)

解答→ P159

# PART 4
# 회화

會話 4

# 회화 會話 3

## 16 / 무엇을 하든지 신경쓰지 않으면 좋겠어요.
無論做什麼都不費心的話就好了。

**文法**：- 나 / 이나、- 거나、이거나、- 든지 / 이든지

### 대화 對話

**그림을 보고 대화를 읽어 봅시다. 請看著圖片試著對話看看。** 🔊 MP3:061

🔵 진소령 : 한국에 가서 사고 싶은 물건이 너무 많아요.

⚫ **이명수** : 무엇을 사고 싶은데요?

🔵 진소령 : 화장품하고 옷이요. 그런데 부모님은 제가 돈 쓰는 걸 싫어하세요.

⚫ **이명수** : 소령 씨는 아르바이트를 하고 있으니까 괜찮아요.

🔵 진소령 : 저도 그렇게 생각해요. 무엇을 하든지 신경쓰지 않으시면 좋겠어요.

⚫ **이명수** : 부모 마음이 다 그렇죠.

## 단어 1 單字 1 🔊 MP3:062

| 물건 物品；東西 | 화장품 化妝品 | 옷 衣服 |
|---|---|---|
| 쓰다 使用 | 싫어하다 討厭；不喜歡 | 아르바이트 打工 |
| 신경쓰다 在意；費心 | 마음 心 | |

## 대화 번역 對話翻譯

陳小玲：去韓國想買的東西很多。

李明秀：想買些什麼呢？

陳小玲：化妝品和衣服。可是父母不喜歡我花錢。

李明秀：小玲小姐因為有在打工所以沒關係的。

陳小玲：我也是那樣想。無論做什麼都不要費心的話就好了。

李明秀：父母的心都是那樣的。

## 문법 文法

### (一) - 나 / 이나

　　「나 / 이나」總共有 5 種用法，固定接續在名詞後方使用，單字有收尾音有無之區分。有收尾音時＋「이나」，無收尾音時＋「나」。分別如下：

● N ＋나 / 이나＋ N：相當於中文的「或者」、「或是」，連接於二個名詞之間。

　　例如　 아침에 빵이나 밥을 먹어요 . 早上吃麵包或是飯。

● 疑問詞＋量詞＋나 / 이나＋ V：相當於中文的「大約」，固定接續在疑問詞＋量詞後方使用。

　　例如　 어제 술을 몇 병이나 마셨어요 ? 昨天大約喝了幾瓶酒？

● 量詞＋나 / 이나＋ V：相當於中文的「整整」，固定接續在量詞後方使用。

　　例如　 친구가 12 시간이나 잤어요 . 朋友整整睡了 12 個小時。

● N ＋나 / 이나＋ V：用於「第二選擇」時，相當於中文的「就～」、「只好～」，固定接續在名詞後方。

　　例如　 노래방은 너무 머니까 영화나 봅시다 . 因為 KTV 太遠所以只好看電影。

● 量詞＋나 / 이나：相當於中文的「無論」、「不管」，固定接續在疑問詞後方使用，與「든지 / 이든지」可交替使用。

　　例如　 어디나 가도 돼요 . 無論哪裡去也沒關係。

### （二）- 거나

相當於中文的「或者」、「或是」，可固定接續在動詞或形容詞後方使用。無收尾音有無之區分，使用時，直接將動詞或形容詞原形的「다」去掉，加上「거나」即可。

例如 일요일에 산에 올라 **가거나** 영화를 볼까요? 星期日去山上或是看電影呢？

피곤하**거나** 아프면 쉬세요. 累或不舒服的話請休息。

### （三）- 이거나

相當於中文的「或者是」，固定接續在名詞後方使用。

例如 한국 사람**이거나** 일본 사람은 다 친절해요. 韓國人或者是日本人都很親切。

남자**이거나** 여자는 다 사랑이 필요해요. 男人或者是女人都需要愛。

### （四）- 든지 / 이든지

相當於中文的「無論～」、「不管～」，固定接續在疑問詞後方使用，可與「나 / 이나」交替使用。

「언제든지」跟「아무때나」接近；「무엇이든지」跟「아무거나」接近；「어디든지」、「아무데나」、「언제나」＝總是＝「항상」

例如 언제**든지** 얘기해도 돼요. 無論何時說都可以。

무엇**이든지** 다 먹고 싶어요. 不管是什麼都想要吃。

## 단어 2 單字 2 🔊 MP3:063

| | | |
|---|---|---|
| 따뜻하다 溫暖 | 잃어버리다 遺失 | 주인 主人 |
| 찾아주다 找~給~ | 길 道路 | 알려주다 告訴~ |
| 칼 刀 | 종이 紙張 | 주소 地址 |
| 전화번호 電話號碼 | 숟가락 湯匙 | 젓가락 筷子 |
| 제일 第一；最 | 필요하다 需要 | 고르다 挑選 |

**위의 단어를 보고 아래 빈 칸을 채우세요 . 請將上面的單字填入以下的空格中。**

1. 전화번호 뭐예요 ? 전화번호 좀 (            ) 세요 / 으세요 .

   電話號碼是什麼？請告訴我電話號碼。

2. (            ) 을 / 를 잃어버렸어요 . 그런데 누가 도와줬어요 . 마음이 따뜻한 사람이었어요 .

   迷路了。可是有人幫了我。是個內心溫暖的人。

3. 갑자기 우리집 (            ) 이 / 가 생각나지 않아요 . 突然想不起來我們家的地址。

4. 한국 사람들은 식사할 때 (            ) 와 / 과 (            ) 이 / 가 필요합니다 .

   韓國人用餐的時候需要湯匙和筷子。

5. 가게 (            ) 아저씨께서 제가 잃어버린 지갑을 (            ) 았 / 었어요 .

   商店老闆幫我找到遺失的皮夾了。

6. 가위가 없어요 . (            ) 로 / 으로 (            ) 을 / 를 자르세요 .

   沒有剪刀。請用刀片剪紙張。

7. (            ) 것이 있으면 언제든지 연락하세요 .

   有需要的東西的話，無論何時請跟我連絡。

8. 마음에 드는 것을 얼마든지 (            ) 세요 / 으세요 . 喜歡的東西請隨便選。

9. (            ) 좋아하는 연예인이 누구예요 ? 最喜歡的藝人是誰呢？

10. 해외 여행을 가서 여권을 (            ) 았 / 었어요 . 그런데 경찰 아저씨가 찾아주었어요 .

   去了海外旅行然後遺失了護照。可是警察先生幫我找回來了。

---

MP3 를 들어 보고 따라합시다 . 請聽聽 MP3 然後跟著做。 🔊 MP3:063

解答→ P160

문법 연습 文法練習

**（一）** N +나/이나+ N + [ 겸양어 ]. 문장을 만드십시오. 請造句。

例 저녁은 밥이나 면을 먹을까요?

1. 請給我果汁或是可樂。 → _____

2. 搭乘地鐵或是公車。 → _____

**（二）** [ 의문사 ] + [ 양사 ] +나/이나+ V + [ 겸양어 ]. 문장을 만드십시오. 請造句。

例 언니가 고기 몇 인분이나 먹었어요.

1. 大約買了幾瓶呢? → _____

2. 大約寫了幾張呢? → _____

**（三）** [ 양사 ] +나/이나+ V + [ 겸양어 ]. 문장을 만드십시오. 請造句。

例 어제는 10 시간이나 일했어요.

1. 整整出差了五個月。 → _____

2. 整整睡了三天。 → _____

**（四）** N +나/이나+ V + [ 겸양어 ]. 문장을 만드십시오. 請造句。

例 너무 심심하니까 우리 집이나 와요.

1. 因為沒有飛機票所以只好搭火車去。 → _____

2. 由於明天忙所以只好現在見面。 → _____

（五）**[ 의문사 ] ＋나 / 이나＋ V / Adj ＋ [ 겸양어 ].** **문장을 만드십시오 . 請造句。**

例 누구나 사랑하는 사람이 있어요 .

1. 無論是哪裡都可以去。→ _____

2. 無論是什麼都喜歡。→ _____

（六）**V / Adj ＋거나＋ V / Adj ＋ [ 겸양어 ].** **문장을 만드십시오 . 請造句。**

例 일요일에는 등산하거나 수영할 거예요 ?

1. 要看電影還是去 KTV 呢？→ _____

2. 大或是小的都沒有關係。→ _____

（七）**N ＋이거나＋ N ＋ [ 겸양어 ].** **문장을 만드십시오 . 請造句。**

例 그 분이 회장이거나 대표이사예요 ?

1. 那個人應該是歌手還是演員吧？→ _____

2. 姐姐是大學生還是研究院生呢？→ _____

（八）**[ 의문사 ] ＋든지 / 이든지＋ V / Adj ＋ [ 겸양어 ] ＝ [ 의문사 ] ＋나 / 이나＋ V / Adj ＋ [ 겸양어 ].** **문장을 만드십시오 . 請造句。**

例 언제든지 저에게 말씀하세요 . ＝아무때나 저에게 말씀하세요 .

1. 無論是誰都做的到。→ _____

2. 無論是什麼都很能吃。→ _____

解答→ P160

정리 整理

（一）다음 한국어 단어를 중국어로 쓰십시오 . 請寫出下列韓語單字的中文。

| 韓文 | 中文 | 韓文 | 中文 |
|------|------|------|------|
| 화장품 | 化妝品 | 쓰다 | |
| 알려주다 | | 찾아주다 | |
| 주인 | | 주소 | |
| 고르다 | | 숟가락 | |
| 잃어버리다 | | 젓가락 | |

（二）MP3 를 듣고 빈 칸을 채우십시오 . 請聽下列 MP3 的對話，並填入適當的單字。 🔊 MP3:064

1.

명수 : 어제 밤에 소주를 10 병이나 먹고 지갑을 잃어버렸어요 .

소령 : 찾았어요 ? 지갑 안에 무엇이 있어요 ?

명수 : 아직이요 . 지갑에 신분증하고 운전면허증 , 그리고 신용카드가 있어요 .

소령 : 어디서 잃어버렸어요 ?

명수 : 모르겠어요 . 누가 가져갔거나 버렸을 거예요 .

▶ 명수 씨는 술을 마시고 지갑을 (　　　　　). 아직 못 찾았습니다 . 지갑 (　　　　　)
　신분증 , (　　　　　), 신용카드 등이 있습니다 .　그런데 명수 씨는 어디서 잃어버렸
　는지 (　　　　　).

2.

명수 : 저 밥 먹으려고 해요 .

소령 : 명수 씨가 밥을 먹든지 말든지 저랑 무슨 상관이에요 ?

명수 : 같이 식사나 하고 싶어요 .

▶ 소령 씨는 명수 씨가 밥을 (　　　　　) (　　　　　) 관심이 없습니다 .
　그런데 명수 씨는 소령 씨와 함께 (　　　　　) 를 하고 싶습니다 .

解答→ P161

# 17 / 놀면서 돈을 벌고 싶어요.

想要一邊玩一邊賺錢。

文法 : - ㄴ / 은지、- 면서 / 으면서

**그림을 보고 대화를 읽어 봅시다 . 請看著圖片試著對話看看。** 🔊 MP3:065

● 진소령 : 저는 놀면서 돈을 벌고 싶어요 . 좋은 방법이 없을까요 ?

● **이명수** : 놀면서 돈을 벌 수 있는 방법이 있어요 ?

● 진소령 : 모르겠어요 . 명수 씨는 직장 생활을 한 지 얼마나 되었어요 ?

● **이명수** : 약 4 년쯤이요 . 대만에 온지 2 년 정도 되었어요 .

● 진소령 : 저는 언제쯤 부자가 될 수 있을까요 ?

● **이명수** : 우리 배고픈데 밥 먹으면서 이야기해요 .

## 단어 1 單字 1 🔊 MP3:066

| 돈을 벌다 賺錢 | 방법 方法 | 모르다 不知道 |
|---|---|---|
| 직장 職場 | 생활 生活 | 부자 有錢人 |
| 이야기하다 說話；聊天 | | |

## 대화 번역 對話翻譯

陳小玲：我想要一邊玩一邊賺錢。沒有好的方法嗎？

李明秀：有一邊玩一邊賺錢的方法嗎？

陳小玲：我不知道。明秀先生工作多久了呢？

李明秀：大約 4 年。來台灣大約 2 年。

陳小玲：我什麼時候才能成為有錢人呢？

李明秀：我們肚子都餓了，一邊吃一邊說吧。

## 문법 文法

### （一）- ㄴ지 / 은지

為表達「動作持續到現在」的文法，固定接續在動詞後方使用，後方固定接續時間類型的單字。動詞有收尾音有無之區分，有收尾音時＋「은지」；無收尾音時＋「ㄴ지」。

例如 대만에 이사 **온지** 2 년이 되었어요 . 搬到台灣已經 2 年了。

한국어를 배**운지** 얼마나 되었어요 ? 學韓國語多久了呢 ？

### （二）- 면서 / 으면서

相當於中文的「一邊～一邊～」，固定接續在動詞後方使用，於二個動作同時發生時使用。動詞有收尾音有無之區分，有收尾音時＋「으면서」；無收尾音時＋「면서」。

例如 저는 밥을 먹**으면서** TV 를 봤어요 . 我一邊吃飯一邊看電視了。

친구가 노래를 들**으면서** 학원에 가요 . 朋友一邊聽歌曲一邊去補習班。

| 처음　初次；第一次 | 잊어버리다　遺忘；忘記 | 친절하다　親切 |
|---|---|---|
| 태어나다　出生 | 피아노　鋼琴 | 기타　吉他 |
| 한복　韓服 | 호텔　飯店 | 선수　選手 |
| 휴지통　垃圾桶 | 자전거　腳踏車 | 배달하다　外送 |
| 오토바이　機車 | 인기　人氣 | 입구　入口 |

**위의 단어를 보고 아래 빈 칸을 채우세요. 請將上面的單字填入以下的空格中。**

1. 요즘 한국에서 어떤 연예인이 (　　　　) 이 / 가 있어요? 最近在韓國什麼樣的藝人受歡迎呢?

2. (　　　　) 에 종이컵을 버리세요. 請將紙杯丟在垃圾桶。

3. (　　　　) 에서 일하는 오빠는 정말 (　　　　) ㅂ / 습니다. 在飯店工作的哥哥很親切。

4. 이 단어를 (　　　　) 았 / 었어요. 忘掉了這個單字。

5. 언제 (　　　　) 았 / 었어요? 什麼時候出生的呢?

6. (　　　　)을 / 를 입고 (　　　　)와 / 과 (　　　　)을 / 를 치는군요. 정말 신기해요.
穿著韓服然後彈鋼琴和吉他呀。真的很神奇。

7. 한국에서는 주로 (　　　　) 을 / 를 타면서 피자와 치킨을 (　　　　) ㅂ / 습니다.
在韓國都是一邊騎機車一邊外送披薩和炸雞。

8. 운동 (　　　　) 은 / 는 (　　　　) 도 잘 탑니다. 運動選手也很會騎腳踏車。

9. 태어나서 (　　　　) 로 / 으로 오토바이를 탔습니다. 出生後第一次騎機車。

10. (　　　　) 은 / 는 들어가는 곳이고 출구는 나가는 곳입니다.
入口是進來的地方，然後出口是出去的地方。

---

MP3 를 들어 보고 따라합시다. 請聽聽 MP3 然後跟著做。　 MP3:067

解答→ P161

125

## 문법 연습 文法練習

（一）N＋[ 조사 ]＋V＋ㄴ / 은지＋시간＋[ 연결사 ]＋[ 겸양어 ].
문장을 만드십시오 . 請造句。

例 한국에 온지 10 년이 되었지만 한국어를 잘 못해요 .

1. 因為那個人已經工作了八年所以成為了理事。→ _____

2. 學韓國語雖然已經二年了但是還無法說得好。→ _____

（二）N＋[ 조사 ]＋V＋면서 / 으면서＋[ 연결사 ]＋[ 겸양어 ]. 문장을 만드십시오 .
請造句。

例 친구가 빵을 먹으면서 지하철을 타고 학교로 가요 .

1. 早上一邊搭公車一邊聽音樂然後吃早餐。→ _____

2. 因為一邊看電視一邊寫作業所以媽媽生氣了。→ _____

解答→ P162

정리 整理

**（一）다음 한국어 단어를 중국어로 쓰십시오. 請寫出下列韓語單字的中文。**

| 韓文 | 中文 | 韓文 | 中文 |
|---|---|---|---|
| 친절하다 | 親切 | 태어나다 | |
| 직장 생활 | | 자전거 | |
| 돈을 벌다 | | 오토바이 | |
| 잊어버리다 | | 인기 | |
| 배달하다 | | 한복 | |

**（二）MP3 를 듣고 빈 칸을 채우십시오. 請聽下列 MP3 的對話，並填入適當的單字。** 🔊 MP3:068

1.

소령 : 명수 씨는 한국 직장 생활을 어디서 했어요 ?

명수 : 서울에 컴퓨터 회사에서 했어요 . 요즘 돈을 벌기 시작했죠 ?

소령 : 요즘 조금 바빠요 . 공부하면서 아르바이트를 했어요 .

명수 : 공부하면서 돈을 버는 것은 생각보다 많이 힘들어요 .

▶ 명수 씨는 (                ) 에서 직장 생활을 했습니다 . 소령 씨는 (            ) 돈
  을 벌고 있습니다 .

2.

소령 :  명수 씨 , 중국어 공부한 지 얼마나 됐어요 ?

명수 :  대만에 오기 1 년 전부터 했으니까 3 년 됐어요 .

소령 :  그럼 대만에 온 지 2 년 됐군요 .

▶ 명수 씨는 대만에 (             ) 2 년 됐습니다 . 하지만 중국어를 (             ) 3 년
  됐습니다 .

解答→ P162

## 18 / 시간 정말 빠른데요 ?

時間真的過很快嗎 ?

**文法**：- 로 / 으로 、- ㄴ / 은 / 는데요 、- 이 / 가 되다

### 대화 對話

**그림을 보고 대화를 읽어 봅시다 .** 請看著圖片試著對話看看。 🔊 MP3:069

🔵 **진소령** : 명수 씨 , 저 다음 달에 한국으로 유학가요 .

⚫ **이명수** : 며칠에 가는데요 ? 시간 정말 빠른데요 ?

🔵 **진소령** : 다음달 둘째 주 화요일에 가요 . 인천 공항으로 가요 .

⚫ **이명수** : 우리가 친구가 된지 얼마나 지났죠 ?

🔵 **진소령** : 명수 씨가 처음 대만에 왔을 때 친구가 되었죠 .

⚫ **이명수** : 시간이 정말 빠르게 가네요 .

## 단어 1 單字 1 🔊 MP3:070

| 유학가다 去留學 | 빠르다 快 | 공항 機場 |
|---|---|---|
| 얼마나 多麼 | 빠르게 快地 | |

## 대화 번역 對話翻譯

陳小玲：明秀先生，我下個月去韓國留學。

李明秀：幾號去呢？時間過得真快呀。

陳小玲：下個月第二週的星期二去。要去仁川機場。

李明秀：我們成為朋友多久了呢？

陳小玲：明秀先生一開始來台灣時成為了朋友。

李明秀：時間真的過得很快啊。

## 문법 文法

### （一）- 로 / 으로

為連接詞的一種，有 6 種用法。固定接續在名詞後方使用，名詞有收尾音有無之區分。有收尾音時＋「으로」；無收尾時音＋「로」。其使用分別如下：

- 工具＋「- 로 / 으로」：相當於中文的「用」，用於「利用 A 獲得 B」時。

  例如 **사전으로 단어를 찾으세요 .** 請用字典找單字。

- 地點＋「- 로 / 으로」：相當於中文的「到」，用於「到達某地點」時。等同於地點助詞「에」。

  例如 **한국으로 여행 갔어요 .** 到韓國去旅行了。

- 方向＋「- 로 / 으로」：相當於中文的「往」，用於「前往某方向」時。

  例如 **이쪽으로 오세요 .** 請往這邊來。

- 交通工具＋「- 로 / 으로」：相當於中文的「搭」，用於「利用某交通工具到達目的地」時。

  例如 **택시로 대사관에 갈 거예요 .** 要搭計程車去大使館。

● 原因＋「- 로 / 으로」：相當於中文的「因為～所以～」，用於「表達理由」時。等同於
「때문에」。

　　例如　회사 일로 너무 바빠요. 因為公司的事情所以很忙。

● 身份＋「- 로 / 으로」：相當於中文的「以～身份」，用於「表達以某身份出席某場合時。

　　例如　가수로 콘서트에 나왔어요. 以歌手的身份出席了演唱會。

## （二）- ㄴ / 은 / 는데（요）

　　為連接詞的一種，亦可當成語尾使用，無中文解釋。當想表達轉折、介紹、理由、暗
示語氣時皆可使用。

　　例如　비가 오는데 왜 등산을 가요? 下雨耶，為什麼去爬山？

　　　　　가：오늘 시간이 있어요? 今天有時間嗎？

　　　　　나：오늘 바쁜데요. 왜요? 今天忙耶。怎麼了？

## （三）- 이 / 가 되다

　　相當於中文的「已經」、「變成」、「成為」，固定接續在名詞後方使用。名詞有收
尾音有無之區分。有收尾音時＋「이 되다」；無收尾音時＋「가 되다」。

　　例如　친구가 가수가 되었어요. 朋友成為了歌手。

　　　　　어렸을 때 의사나 선생님이 되고 싶었어요. 小時候想成為醫生或老師。

## 단어 2 單字 2 🔊 MP3:071

| 젖다 濕 | 정장 西裝；正裝 | 병실 病房 |
|---|---|---|
| 연주하다 演奏 | 노래를 부르다 唱歌 | 뜨겁다 火熱；燙 |
| 취미 興趣 | 감상하다 鑑賞 | 악기 樂器 |
| 대회 比賽；大會 | 분위기 氣氛；氛圍 | 나오다 出來 |
| 참가하다 參加 | 축제 慶典 | 찜질방 蒸氣房 |

**위의 단어를 보고 아래 빈 칸을 채우세요. 請將上面的單字填入以下的空格中。**

1. 우산을 가져가지 않아서 오늘 입은 정장이 비에 (　　　　) 았 / 었어요.
   因為今天沒帶雨傘去所以穿的西裝被雨淋濕了。

2. (　　　　) 안에 환자가 누워 있습니다. 조용히 하세요. 病房裡面病人躺著。請安靜。

3. 연예인이 무대 위에서 (　　　　) 을 / 를 연주했어요. 제 마음에 들었어요.
   藝人在舞台上演奏樂器。我很喜歡。

4. 제 (　　　　) 은 / 는 음악과 영화를 (　　　　) ㄴ / 는 것입니다.
   我的興趣是音樂欣賞和電影欣賞。

5. 음악 축제에 (　　　　) 려고 / 으려고 참가 신청을 했습니다. 為了參加音樂慶典所以申請了。

6. (　　　　) 에 찜질하러 갔는데요. 매우 (　　　　) 아 / 어서 나왔습니다.
   為了熱敷去了蒸氣房。因為太熱所以出來了。

7. 노래를 부르는 것이 취미인 저는 노래 (　　　　) 에 참가합니다.
   唱歌的這件事情是興趣所以我參加了歌唱比賽。

8. 지난 일요일에 음악 (　　　　) 이 / 가 있었는데요. (　　　　) 이 / 가 정말 뜨거웠습니다.
   上個星期日有音樂慶典。氣氛真的非常熱烈。

9. 조용한 (　　　　) 에서 음악을 (　　　　) 세요 / 으세요. 請在安靜的氣氛下欣賞音樂。

10. (　　　　) 을 / 를 입은 (　　　　) 있는 남자를 좋아합니다. 喜歡穿著西裝有感覺的男生。

---

MP3 를 들어 보고 따라합시다. 請聽聽 MP3 然後跟著做。 🔊 MP3:071

解答→ P162

## 문법 연습 文法練習

（一）**[도구] ＋로/으로＋ V / Adj ＋ [겸양어].** **문장을 만드십시오.** **請造句。**

例 지도로 길을 찾으세요.

1. 請用韓國語説。→ _____

2. 用手機找了地址。→ _____

（二）**[장소] ＋로/으로＋ V / Adj ＋ [겸양어].** **문장을 만드십시오.** **請造句。**

例 어디로 가서 밥을 먹을까요?

1. 要到英國工作。→ _____

2. 去百貨公司購物。→ _____

（三）**[방향] ＋로/으로＋ V / Adj ＋ [겸양어].** **문장을 만드십시오.** **請造句。**

例 오른쪽으로 가세요.

1. 請往左邊下車。→ _____

2. 往這邊來就可以了。→ _____

（四）**[교통수단] ＋로/으로＋ V / Adj ＋ [겸양어].** **문장을 만드십시오.** **請造句。**

例 택시로 회사에 갈 거예요.

1. 搭火車去釜山。→ _____

2. 搭飛機來到了台灣。→ _____

（五）**[이유, 사물] ＋로/으로＋ V / Adj ＋ [겸양어].** **문장을 만드십시오.** **請造句。**

例 회사 일로 바빠서 친구랑 만나지 못해요.

1. 因為朋友所以很生氣。→ _____

2. 因為結婚典禮所以最近很忙。→ _____

（六）**[ 신분 / 자격 ] +로 / 으로+ V / Adj + [ 겸양어 ] . 문장을 만드십시오 . 請造句。**

例 직장 동료로 결혼식에 갔어요 .

1. 要以歌手的身份參加畢業典禮。 → _____

2. 以留學生的身份來到了我們學校。 → _____

（七）**N / V / A +ㄴ / 은 / 는데+ V / Adj + [ 겸양어 ] . 문장을 만드십시오 . 請造句。**

例 비가 오는데 등산하지 맙시다 .

1. N →朋友是韓國人不過中國語說的好。 → _____

2. V →明天正在工作所以無法見面。 → _____

3. Adj →天氣不好為什麼想要出去呢？ → _____

（八）**N / V / Adj +ㄴ / 은 / 는데요 . 문장을 만드십시오 . 請造句。**

例 가 : 왜 어제 안 왔어요 ?
　 나 : 일이 많아서 바빴는데요 .

1. N →가：請問是誰？ 나：是我。 → _____

2. V →가：不去嗎？ 나：去啊。 → _____

3. Adj →가：這個如何呢？ 나：漂亮啊。 → _____

（九）**N +이 / 가 되다+ [ 연결사 ] + V / Adj + [ 겸양어 ] . 문장을 만드십시오 . 請造句。**

例 친구가 선생님이 되고 싶지만 공부를 잘하지 못해요 .

1. 因為那個人成為演員所以變忙了。 → _____

2. 因為朋友成為有名的人所以很難見面。 → _____

解答→ P163

**（一）다음 한국어 단어를 중국어로 쓰십시오. 請寫出下列韓語單字的中文。**

| 韓文 | 中文 | 韓文 | 中文 |
|---|---|---|---|
| 빠르게 | 快地 | 연주하다 | |
| 감상하다 | | 축제 | |
| 참가하다 | | 분위기 | |
| 대회 | | 젖다 | |
| 취미 | | 노래를 부르다 | |

**（二）MP3 를 듣고 빈 칸을 채우십시오. 請聽下列 MP3 的對話，並填入適當的單字。** 🔊 MP3:072

1.

명수 : 취미가 뭐예요 ?

소령 : 영화 감상인데요 . 왜요 ?

명수 : 사실 영화표 두 장이 있는데요 . 같이 영화관에 갈래요 ?

소령 : 정말요 ? 그 영화표로 무슨 영화를 볼 수 있어요 ?

▶ 소령 씨의 취미는 (                ) 입니다 . 명수 씨는 영화표 (                ) 이 있습니다 .


2.

소령 : 우리 학교는 요즘 축제를 해요 . 분위기가 정말 좋은데요 . 한번 오실래요 ?

명수 : 그럴까요 ? 학교 축제에서 무엇을 해요 ?

소령 : 음악회도 있고 , 노래와 춤 대회도 있어요 . 명수 씨도 일반인으로 참가할 수 있어요 .

▶ 소령 씨의 학교에서 (                ) 를 합니다 . 축제에서는 (                ) 가 있고 , 노래와

춤 (                ) 도 있습니다 . 명수 씨는 대회에 (                ) 참가할 수 있습니다 .

解答→ P164

**<보기>를 보고 이야기하십시오. 請看著<範例>並試著說說看。**

보기

지난주 월요일에 친구가 나에게 전화해서 말했다.

"나 남자친구 생겼어. 한국 사람이야. 전에 그 한국 남자애가 내 남친이 되었어. 부럽지? 전에 클럽에서 만난 그 오빠"

그리고 몇 일 후에 나에게 사진을 보여줬다. 키도 크고, 옷도 잘 입었다. 하지만 친구가 한국 남자를 사귀든지 일본 남자를 사귀든지 나와 상관없는 일이다. 남자 친구는 언제든지 사귈 수 있다. 누가 뭐라고 하든지 나는 나다. 열심히 공부해서 한국에 있는 대학원에 합격할 수 있었으면 좋겠다.

**맞으면○, 틀리면 × 하십시오. 對的請打○，錯的請打 ×。**

(1) 친구는 한국 남자 친구가 있습니다. (　)

(2) 친구는 학교에서 남자 친구를 만났습니다. (　)

(3) 친구의 남자 친구는 돈이 많습니다. (　)

(4) 친구가 남자친구가 있든지 신경 쓰지 않습니다. (　)

(5) 지금 한국 대학원 준비를 하고 있습니다. (　)

解答→ P164

Memo

# APPENDIX
# 附錄

解答
## PART 1

### L01 下課之後主要做什麼？

단字 2 → P017

1. 한국어 공부는 언제 <u>시작했</u>어요 ?
2. 손과 발을 <u>씻</u>으세요 .
3. 방금 <u>머리를</u> 감았습니다 .
4. 머리가 길어요 . 그래서 머리를 <u>자르</u>고 싶어요 .
5. 겨울에 <u>눈이</u> 옵니다 .
6. 햇빛이 너무 강해요 . 모자를 <u>쓰세요</u> .
7. 종이 위에 꽃과 <u>나무를</u> 그렸습니다 .
8. 발에서 냄새가 나요 . 좀 <u>씻으세요</u> .
9. 눈이 잘 안 보여요 . <u>안경이</u> 필요해요 .
10. 진짜가 아닙니다 . <u>가짜</u>입니다 .

文法練習 → P018

(一) 1. 출근 전에 요리를 했어요 .
　　 2. 회의 전에 전화하세요 .

(二) 1. 영화를 보기 전에 콜라를 샀어요 .
　　 2. 가기 전에 먼저 예약하세요 .

(三) 1. 회의 후에 정리하세요 .
　　 2. 수업 후에 친구랑 노래방에 가요 .

(四) 1. 운동한 후에 샤워했어요 .
　　 2. 만난 후에 같이 백화점에 가요 .

(五) 1. 학생 때 학원에 갔어요 .
　　 2. 저녁 때 언니 ( 누나 ) 하고 싸웠어요 .

(六) 1. 비가 올때 치킨하고 맥주를 먹어요 .
　　 2. 나갈때 우산을 가져 가세요 .

> 整理 → P020

(一)

| | |
|---|---|
| 上班 | 下班 |
| 穿襪子 | 戴帽子 |
| 忙 | 生活 |
| 普通；一般 | 主要 |
| 真的 | 洗頭 |

(二) 1. 영화 ; 식사 ; 식사 ; 커피

2. 인터넷 ; 책

## L02 最近因為韓國語快死掉了。

> 單字 2 → P025

1. 어제 제 강아지가 죽어서 아주 슬퍼요 .
2. 공포 영화는 정말 무섭습니다 .
3. 시장에 계신 아주머니는 재미있습니다 .
4. 코믹 영화는 정말 웃깁니다 .
5. 시험을 잘 봐서 기쁩니다 .
6. 문방구에서 공책과 연필을 삽니다 .
7. 시장에서 바나나를 샀습니다 .
8. 시장 뒤에 주차장이 있어요 . 거기에 차를 세우세요 .
9. 저는 드라마와 영화를 자주 봅니다 .
10. 문방구 아저씨는 정말 재미있고 웃깁니다 .

> 文法練習 → P026

(一) 1. 왜 비빔밥을 먹어요 ?

2. 왜 다음주에 만나요 ?

(二) 1. 친구가 드라마 때문에 울었어요 .

2. 오빠가 출장 때문에 외국에 갔어요 .

(三) 1. 날씨가 춥기 때문에 옷을 많이 입었어요 .

2. 고기를 먹기 때문에 배가 불러요 .

(四) 1. 날씨가 추워서 옷을 많이 입었어요 .

2. 고기를 먹어서 배가 불러요 .

(五) 1. 날씨가 추우니까 옷을 많이 입었어요 .

2. 고기를 먹으니까 배가 불러요 .

(六) 1. 밥을 먹고 커피를 마셔요 .

2. 불을 끄고 주무세요 .

(七) 1. 한국어는 어렵지만 재미있어요 .

2. 날씨가 춥지만 아이스크림을 먹고 싶어요 .

(八) 1. 남지친구가 한국 사람이라서 한국에 갔어요 .

= 남자친구가 한국 사람이니까 한국에 갔어요 .

2. 그 사람이 가수라서 노래를 잘해요 .

= 그 사람이 가수니까 노래를 잘해요 .

(九) 1. 이것은 딸기가 아니라서 먹고 싶지 않아요 .

= 이것은 딸기가 아니니까 먹고 싶지 않아요 .

2. 오빠가 회사원이 아니라서 돈이 없어요 .

= 오빠가 회사원이 아니니까 돈이 없어요 .

▶ 整理 → P029

(一)

| 困難 | 容易 |
|---|---|
| 難過；悲傷 | 開心 |
| 搞笑；好笑 | 可怕 |
| 放棄 | 停車場 |
| 大嬸；老闆娘 | 文具店 |

(二) 1. 대화 ; 어렵 ; 재미
2. 많아서

## L03 這裡賣垃圾桶嗎？

單字 2 → P033

1. 과일에는 사과하고 포도하고 딸기가 있어요 .
2. 야채에는 파하고 양파가 있어요 .
3. 치킨하고 맥주를 같이 드세요 . 정말 맛있어요 .
4. 소주는 좀 씁니다 .
5. 과일은 쓰지 않고 답니다 .
6. 술은 건강에 좋지 않아요 .
7. 생선에는 고등어 , 참치 등이 있습니다 .
8. 과일 중에는 딸기하고 포도를 제일 좋아해요 .
9. 대만 사람들하고 한국 사람들 대부분 치킨을 좋아해요 .
10. 시장에는 과일 가게하고 생선 가게하고 야채 가게가 있어요 .

文法練習 → P034

(一) 1. 살 거예요 .
2. 엽니다 .
3. 알아요 .
4. 놀면
5. 운 적이 있다
6. 졸기 때문에
7. 서울로 가요 .
8. 멀어 보이다 .
9. 는 거예요 .
10. 날아서
(二) 1. 커요 . 、 2. 나쁠 것 같다 . 、 3. 예뻐 보이다 . 、 4. 기쁘지만 、 5. 꺼서

整理 → P035

(一)

| 水果 | 蔬菜 |
|------|------|
| 生鮮 | 葡萄 |
| 蘋果 | 草莓 |
| 甜 | 苦 |
| 東西 ; 物品 | 問問看 |

(二) 1. 과일 ; 야채
2. 고파요 ; 먹 ; 마셔요

## L04 裡面冷，外面熱。

單字 2 → P039

1. 아주머니 ! 목말라요 . 여기 물 좀 주세요 .
2. 아이들이 운동장에서 축구와 농구를 해요 .
3. 서랍 안에 옛날 사진이 한 장 있습니다 .
4. 우체국에 가서 편지와 소포를 보냈습니다 .
5. 옛날 가족 사진이 제 지갑 안에 있습니다 .
6. 날마다 학생회관에서 식사를 합니다 .
7. 약국에 가서 약을 삽니다 .
8. 이 건물은 옛날에 만들었습니다 . 매우 오래되었습니다 .
9. 옛날 건물은 낮아요 . 그리고 요즘 건물은 높아요 .
10. 위층과 아래층에 제 친구들이 삽니다 .

文法練習 → P040

(一)

| 들으세요 | 걸을 거예요 |
|---------|-----------|
| 물어 보다 | 깨닫지만 |

(二)

| | |
|---|---|
| 추워서 | 맵기 때문에 |
| 더우니까 | 아름답지만 |
| 쉬워요 | 귀여워 보이다 |
| 어려울 거예요 | 무섭겠 |
| 고마웠어요 | 도와요 |

(三)

| | |
|---|---|
| 지어요 | 저을 게요 |
| 부으세요 | 긋고 |

(四)

| | |
|---|---|
| 사니까 | 울어서 |
| 노는 | 팔지만 |
| 여십시오 | 졸기 때문에 |
| 업시다 | 난 |

(五)

| | |
|---|---|
| 다르니까 | 불러서 |
| 모르겠 | 고르세요 |
| 자르기 때문에 | 마를까요 |

(六)

| | |
|---|---|
| 이러니까 | 그러세요 |
| 그래서 | 하얗지만 |
| 어떨까요 | 노란 |
| 빨개 지다 | 까맣고 |

▶ 整理 → P041

（一）

| 熱 | 冷 |
|---|---|
| 郵局 | 運動場 |
| 高 | 低；矮 |
| 感冒 | 藥局 |
| 謝謝 | 美麗；漂亮 |

（二） 1. 더워요；추워요

2. 골라요

## L05 從首爾到滑雪場要花多久時間？

▶ 單字 2 → P044

1. 얼마 동안 여행을 가세요？

2. 하루 정도 쉬고 싶어요.

3. 주말 마다 무엇을 하세요？

4. 주말에 한국어 시험이 있어서 걱정이에요.

5. 방을 깨끗하게 청소했어요.

6. 짐이 무겁습니다. 무게가 얼마나 돼요？

7. 어제 부산에 있는 호텔에 1 일부터 3 일까지 예약했습니다.

8. 호텔 방에 있는 침대가 너무 편안해요.

9. 매주 월요일 저녁에 수영장에서 수영을 합니다.

10. 짐이 무거워요？제가 도와줄게요.

▶ 文法練習 → P045

（一） 1. 오빠가 영국에서 공부를 해요.

2. 그 가수가 중국에서 공연할 거예요.

(二) 1. 할머니께서는 어제부터 화가 나셨어요 .

2. 친구가 다음주부터 가게에서 아르바이트를 할 거예요 .

(三) 1. 여동생은 밤 10 시까지 학원에서 공부해요 .

2. 학생들은 다음주 금요일까지 시험을 봐요 .

(四) 1. 아버지가 월요일부터 금요일까지 회사에서 일을 하세요 .

2. 그 배우가 1 월부터 5 월까지 외국에서 촬영해요 .

(五) 1. 서울에서 부산까지 얼마나 걸려요 ?

2. 집에서 학원까지 30 분 걸려요 .

▶ 整理 → P046

(一)

| 一天 | 二天 |
|------|------|
| 週末 | 放假 |
| 重 | 輕 |
| 舒服；平安 | 預約 |
| 游泳池 | 考試；測驗 |

(二) 1. 이틀 ; 끝난 ; 한국

2. 한국어 시험 ; 부터

**綜合練習 1** → P047

(一) 1. ○ 、 2. ✗ 、 3. ✗ 、 4. ○ 、 5. ✗ 、 6. ○ 、 7. ○

(二) （略）

解答
**PART 2**

**L06 每天都在學習韓國語。**

單字 2 → P052

1. 오늘 오전 8 시에 아침 식사했습니다 .
2. 남부에 가고 싶어서 고속버스 표를 샀습니다 .
3. 한국 초등학생은 초등학교를 6 년 동안 다닙니다 .
4. 하늘에 구름이 많습니다 .
5. 바람이 많이 불고 있습니다 . 우산을 준비하세요 .
6. 겨울 운동에는 스키하고 스케이트가 있습니다 .
7. 하늘에서 눈이 내립니다 . 아이들은 눈싸움을 하고 눈사람도 만듭니다 .
8. 어제는 미술관에서 그림을 봤고 , 오늘은 음악회에서 음악을 들었습니다 .
9. 한국 고등학생은 고등학교를 3 년 동안 다닙니다 .
10. 한국 중학생은 중학교를 3 년 동안 다닙니다 .

文法練習 → P053

(一) 1. 밥을 먹고 있어요 .
    2. 공원에서 운동하고 있어요 .

(二) 1. 여동생이 1 달 동안 시험을 준비했어요 .
    2. 제가 5 년 동안 한국에 살았어요 .

(三) 1. 책을 읽는 동안 열심히 하세요 .
    2. 외국에 있는 동안 전화를 안 받을 거예요 .

整理 → P054

(一)

| 颱風 | 去留學 |
|------|--------|
| 休假 | 天空 |
| 美術館 | 音樂會 |

| 準備 | 合格 |
|------|------|
| 加油 | 每天 |

(二) 1. 고 있어요 ; 바빠요

2. 불고 있어요 ; 동안

## L07 為什麼做不到呢？做的話就可以呀。

▶ 單字 2 → P057

1. 저는 자주 과학 잡지를 봅니다.
2. 학원에서 한국인 선생님과 함께 한국어를 배웁니다.
3. 공장에 주문한 물건이 아직 오지 않았어요.
4. 메뉴 좀 주세요. 음식을 주문하고 싶어요.
5. 공연 입장료가 얼마예요?
6. 버스 요금은 대만이 더 싸요.
7. 저는 날마다 신문을 읽어요. 뉴스를 좋아해요.
8. 수학 시험이 어려워요. 저는 숫자에 약해요.
9. 서 계시지 마세요. 여기에 앉으세요.
10. 내일 학원에 못 와요? 한국어 선생님께 말씀 드릴게요.

▶ 文法練習 → P058

(一) 1. 기분이 나쁘면 저랑 같이 쇼핑할까요?

2. 밥을 먹으면 배가 안 고플 거예요.

(二) 1. 이 과일을 먹으면 돼요.

2. 잘 생겼으면 될까요?

(三) 1. 도서관에서 얘기하면 안 되니까 조용히 하세요.

2. 여동생이랑 싸우면 안 되니까 좀 참으세요.

▶ 整理 → P059

(一)

| 有興趣 | 實力 |
|---|---|
| 文化 | 政治 |
| 經濟 | 擔心 |
| 報紙 | 費用 |
| 坐 | 站 |

(二) 1. 있으면 ; 돼요

2. 으면 안 돼요 ; 찍어도 돼요

## L08 有去過台灣南部嗎？

▶ 單字 2 → P063

1. 저는 영어에 약하지만 한국어에 강합니다 .

2. 김치는 한국의 전통 음식입니다 .

3. 텔레비전을 보고 웃었어다 .

4. 보통 남자의 얼굴은 큽니다 . 하지만 여자의 얼굴은 작습니다 .

5. 돈이 많은 사람은 돈을 많이 씁니다 .

6. 저는 오빠보다 2 살 어립니다 .

7. 운동을 하고 싶어서 스포츠 센터에 갔습니다 . 회원에 가입했습니다 .

8. 어제 너무 바빠서 약속을 취소했습니다 .

9. 맛있는 김치는 어디서 팔아요 ?

10. 곧 결혼합니다 . 그래서 친구들을 초대했습니다 .

▶ 文法練習 → P064

(一) 1. 운전할 수 있어요 ?

2. 할 수 있어요 .

(二) 1. 요리를 할 수 있지만 하고 싶지 않아요 .

2. 그림을 그릴 수 없으니까 안 할게요 .

(三) 1. 운전할 줄 몰라요 ?

2. 할 줄 알아요 .

(四) 1. 요리를 할 줄 알지만 하고 싶지 않아요 .

2. 그림을 그릴 줄 모르니까 안 할게요 .

(五) 1. 등산한 적이 없어요 .

2. 먹은 적이 있어요 ?

(六) 1. 삼계탕을 먹은 적이 없어서 먹고 싶어요 ?

2. 스키를 탄 적이 있으니까 더 배우고 싶어요 .

(七) 1. 멋있는 남자를 만나서 기분이 좋아요 .

2. 예쁜 옷이라서 사고 싶어요 .

▶整理 → P066

(一)

| 歷史 | 笑 |
|---|---|
| 大；高 | 小 |
| 多 | 少 |
| 招待；邀請 | 加入 |
| 南部 | 會員 |

(二) 1. 석굴암 ; 첨성대 ; 불국사

2. 만들 / 할 ; 좋아해요

## L09 有吃過臭豆腐嗎？

▶單字 2 → P071

1. 김치찌개 한번 드셔 보세요 . 맛있어요 .

2. 김치가 오래돼서 냄새가 너무 심해요 .

3. 비누 향기가 너무 좋아요 .

4. 천천히 드세요.

5. 요즘 걱정이 많아요. 많이 힘들어요.

6. 비가 너무 많이 와요. 등산하지 마세요. 위험해요.

7. 여기는 위험한 지역입니다. 조심하세요.

8. 한국 친구는 멀지만 가까운 사이입니다.

9. 혼자 여행을 할 수 있어서 행복합니다.

10. 술은 건강에 좋지 않아요. 조금만 드세요.

▶ 文法練習 → P072

(一) 1. 포장마차에 가 보세요.
　　 2. 한국 요리를 만들어 보세요.

(二) 1. 얼굴이 예뻐 보이세요.
　　 2. 가방이 작아 보여요.

(三) 1. 한국어를 가르쳐 주세요.
　　 2. 이 문제를 풀어 주세요.

(四) 1. 한국어를 가르쳐 드릴까요?
　　 2. 이 문제를 풀어 드릴까요?

(五) 1. 한국어를 가르쳐 드릴게요.
　　 2. 이 문제를 풀어 드릴게요.

(六) 1. 저녁을 사 먹을게요.
　　 2. 선물을 준비해 가세요.

(七) 1. 중국어를 말해도 될까요?
　　 2. 매운 음식을 먹어도 돼요.

(八) 1. 기분이 좋아 졌어요.
　　 2. 키가 커 졌어요.

(九) 1. 출장해야 해요.
　　 2. 다음주에 출발해야 해요?

(十) 1. 낮잠을 자야겠어요.
　　 2. 남자친구랑 결혼해야겠어요.

▶ 整理 → P075

(一)

| 小心 | 危險 |
|------|------|
| 附近 | 關係；之間 |
| 近 | 遠 |
| 味道 | 香氣 |
| 坐 | 站 |

(二) 1. 조심해야 ; 조금
      2. 쓰레기통 ; 가야 해요

## L10 運動的話好像對健康不錯。

▶ 單字 2 → P079

1. 동대문 시장에서 치마를 정말 싸게 샀어요 .
2. 저는 골프를 칠 수 있어요 .
3. 제 친구는 한국에서 돌아왔어요 .
4. 밖에 춥지요 ? 빨리 들어오세요 .
5. 식초하고 레몬은 십니다 .
6. 소금이 많이 있는 음식은 짜요 .
7. 지금 한국 어디에 살아요 ?
8. 요즘 어머니께서 집안일 때문에 바쁘세요 .
9. 식초는 셔고 , 소금은 짭니다 .
10. 보통 맛없는 음식은 가격이 싸요 .

▶ 文法練習 → P080

(一) 1. 그 사람은 가수 같아요 .
      2. 저 친구가 외국인 같아요 .

(二) 1. 그 사람은 가수인 것 같아요 .
      2. 저 친구가 외국인인 것 같아요 .

(三) 1. 지금 밥을 먹는 것 같아요.

2. 지금 수업하는 것 같아요.

(四) 1. 어제 만난 것 같아요.

2. 지난주에 한 것 같아요.

(五) 1. 친구가 바쁜 것 같아요.

2. 키가 작은 것 같아요.

(六) 1. 내일 한국에 갈 것 같아요.

2. 오후에 운동할 것 같아요.

(七) 1. 가 : 어떤 영화를 보고 싶어요? 나 : 재미있는 영화를 보고 싶어요.

2. 가 : 어떤 사람이랑 만났어요? 나 : 친절한 사람이랑 만났어요.

▶ 整理 → P082

(一)

| 新聞 | 競技；景氣 |
|------|-----------|
| 贏 | 輸 |
| 鹹 | 酸 |
| 壓力 | 對健康好 |
| 回來 | 進來 |

(二) 1. 경기 ; 대만

2. 스트레스 ; 시험

## 綜合練習 2 → P083

1. ( ○ ) ( ✗ ) ( ✗ )

2. ( ○ ) ( ○ ) ( ○ )

### L11 今天不想要喝酒。

▶ 單字 2 → P088

1. 짐을 맡기는 곳이 어디예요？

2. 짐을 맡기고 싶어요 .

3. 맥도날드에서 햄버거하고 콜라를 주문했어요 .

4. 백화점에서 식당가는 다양한 음식이 많이 있는 곳입니다 .

5. 일식은 일본식 음식이고 양식은 서양식 음식입니다 .

6. 짜장면과 짬뽕은 중식입니다 .

7. 스파게티하고 피자를 파는 곳은 양식집입니다 .

8. 바닷가에서 먹는 회는 정말 맛있습니다 .

9. 어제 남자친구와 같이 바닷가를 걸었습니다 .

10. 한식에는 불고기 , 비빔밥 , 김치찌개 등이 있습니다 .

▶ 文法練習 → P089

(一) 1. 시험을 준비하기 ( 가 ) 쉽지 않아요 .

2. 매운 것을 먹기 ( 가 ) 좋아해요 .

(二) 1. 빵을 만드는 것이 어려워요 .

2. 운동을 하는 것이 몸에 좋아요 .

(三) 1. 여동생이 드라마 보는 것을 좋아해요 .

2. 오빠는 운전하는 것을 좋아해요 .

(四) 1. 그 배우가 멋있게 생겼어요 .

2. 방에서 조용하게 책을 보고 있어요 .

> 整理 → P090

(一)

| 首先 | 地方 |
|------|------|
| 韓式 | 尋找 |
| 西式 | 日式 |
| 海邊 | 多樣 |
| 交給；寄放 | 炸雞 |

(二) 1. 교환 학생 ; 다양한 해산물 ; 맛있게
2. 식당가 ; 매운

## L12 明天要去機場做什麼？

> 單字 2 → P093

1. 여름에 먹는 냉면은 정말 시원해요 .
2. 방 청소를 해서 깨끗합니다 .
3. 냉면을 먹으러 간 식당에 사람이 많아요 . 너무 시끄러워요 .
4. 보통 백화점 지하 1 층에 슈퍼마켓과 식당가가 있고 , 지하 2 층부터 지하 주차장이 있습니다 .
5. 남자 친구와 함께 한국 여행을 가려고 돈을 모으고 있어요 .
6. 이 한식집의 맛은 정말 최고입니다 .
7. 영화가 시작했어요 . 휴대폰을 끄세요 . 그리고 조용히 하세요 .
8. 졸업할 때 예쁜 꽃다발을 받았어요 .
9. 도서관에서 책을 한 권 빌렸습니다 .
10. 방이 너무 어두워요 . 방에 불 좀 켜세요 .

▷ 文法練習 → P094

(一) 1. 영화를 보러 가요.

2. 밥을 먹으러 와요.

(二) 1. 영화를 보러 영화관에 가요.

2. 밥을 먹으러 식당에 와요.

(三) 1. 여자친구랑 만나려고 해요.

2. 삼계탕을 만들려고 해요.

(四) 1. 여자친구랑 만나려고 커피숍에 왔어요.

2. 삼계탕을 먹으려고 한식당에 가요.

(五) 1. 다음주에 만났으면 좋겠어요.

2. 수영을 할 줄 알았으면 좋겠어요.

(六) 1. 그 남자랑 같이 여행했으면 좋겠지만 돈이 없어요.

2. 내 마음을 받았으면 좋겠는데 안 받았어요.

▷ 整理 → P096

(一)

| 服侍；侍奉 | 來回 |
|---|---|
| 吵 | 安靜 |
| 借 | 黑暗 |
| 順利；照舊 | 準備 |
| 開 | 關 |

(二) 1. 께서 ; 조용한 곳

2. 음악회 ; 끄는 것

### L13 很能吃辣嗎?

▶ 單字 2 → P099

1. 계절에는 봄, 여름, 가을, 겨울이 있어요. 어느 계절을 좋아해요?
2. 이번 일요일에 고등학교 동창 모임이 있어요.
3. 매주 수요일에 언어 교환 모임이 있어요. 같이 가요.
4. 제 남자 친구가 곧 대만을 떠나서 슬퍼요.
5. 모임 장소는 어디가 가장 좋을까요?
6. 어머니! 학교 다녀오겠습니다.
7. 요일에는 월요일, 화요일, 수요일, 목요일, 금요일, 토요일, 일요일이 있습니다.
8. 오늘은 시청 앞에서 동창과 모임이 있는 날이에요.
9. 짐을 정리하시는군요. 이번에 어디로 이사하세요?
10. 제 동생은 항상 표정이 밝아요.

▶ 文法練習 → P100

(一) 1. 키가 크네요.
　　 2. 방이 깨끗하네요.

(二) 1. 그 사람은 가수군요.
　　 2. 아버지께서 사장님이시군요.

(三) 1. 어머니께서 화가 나고 계시군요.
　　 2. 사람들이 오고 있군요.

(四) 1. 이 옷이 예쁘군요.
　　 2. 그 영화가 재미있군요.

(五) 1. 가 : 내일 여행할 거예요.
　　　　 나 : 기분이 좋겠군요.
　　 2. 가 : 어제 일을 너무 많아요.
　　　　 나 : 피곤하겠군요.

▶ 整理 → P102

(一)

| 總是 | 最 |
|------|------|
| 流；流逝 | 晴朗；開朗 |
| 神奇 | 季節 |
| 離開 | 集合；聚會 |
| 搬家 | 同窗；同學 |

(二) 1. 야근했기 ; 피곤한 ; 식사하

2. 떠나지 않아요 ; 하려고

## L14 是多少價位的呢？

▶ 單字 2 → P105

1. 공원에 가서 자주 산책해요？저는 가끔 산책해요.

2. 문제가 생겼어요. 좋은 방법이 없을까요？

3. 실례합니다. 사진을 찍고 싶은데 여기가 사진관이 맞나요？

4. 저는 날마다 강아지와 함께 산책합니다.

5. 세탁기를 샀는데 문제는 사용 방법을 몰라요. 설명서도 없어요.

6. 사진관에 가서 가족 사진을 찍었어요.

7. 새 한 마리가 하늘을 날아요.

8. 무슨 문제가 생겼어요？

9. 이번에 나온 시계를 하나 샀는데, 좀 비싸요.

10. 이번에 새로 생긴 한식집은 사람이 많아요.

▶ 文法練習 → P106

(一) 1. 100 원짜리 동전 주세요.

2. 100 원짜리 딸기 주세요.

（二）1. 동대문 시장에서 치마하고 바지를 하나씩 샀어요 .

2. 다섯 병에 10000 원씩이에요 .

（三）1. 사람마다 다 그 드라마를 좋아해요 .

2. 수업 때마다 기분이 너무 좋아요 .

整理 → P107

（一）

| 常常 | 方法 |
|---|---|
| 使用 | 有問題；產生問題 |
| 記起來 | 新產品 |
| 換 | 拍照 |
| 失禮 | 散步 |

（二）1. 날마다 ; 문제가 생겼어요

2. 1000 원 ; 짜리

## L15 最近電腦比手機便宜。

單字 2 → P111

1. 한국 주부들은 요리를 잘해요 .

2. 청소를 할 때 창문을 먼저 열고 청소기를 돌려요 .

3. 요즘 빨래를 할 때 세탁기를 돌려요 .

4. 어른은 어린이보다 나이가 많아요 .

5. 청소와 빨래를 해야해요 . 좀 도와주세요 .

6. 날이 흐려요 . 우산을 가지고 가세요 .

7. 산이 바다보다 경치가 더 좋아요 .

8. 바지 주머니에 휴대폰을 넣지 마세요 . 조심하세요 .

9. 돈이 필요할 거예요 . 돈 좀 가지고 가세요 .

10. 피곤하실 텐데 운전할 수 있어요 ?

▶ 文法練習 → P112

(一)　1. 형보다 동생은 더 잘 생겼어요.

　　　2. 친구가 저보다 훨씬 더 열심히 공부해요.

(二)　1. 김 선생님밖에 몰라요. = 김 선생님만 알아요.

　　　2. 한국밖에 가고 싶지 않아요. = 한국만 가고 싶어요.

(三)　1. 두달 만에 비가 왔어요.

　　　2. 한달 만에 그 빌딩을 지었어요.

(四)　1. 첫 번째 온 사람이 누구예요?

　　　2. 열 번째 손님에게 선물을 드릴 거예요.

▶ 整理 → P113

(一)

| 論文 | 故障 |
|------|------|
| 修改 | 人生 |
| 兒童 | 長輩；大人 |
| 景色 | 口袋 |
| 駕駛 | 店員 |

(二)　1. 길에서 ; 만에 ; 밖에

　　　2. 않았어요 ; 빌리고 ; 밖에

**綜合練習 3** → P114

（○）（○）（×）（×）（○）

解答
**PART 4**

**L16 無論做什麼都不費心的話就好了。**

▶ 單字 2 → P119

1. 전화번호 뭐예요 ? 전화번호 좀 알려주세요 .
2. 길을 잃어버렸어요 . 그런데 누가 도와줬어요 . 마음이 따뜻한 사람이었어요 .
3. 갑자기 우리집 주소가 생각나지 않아요 .
4. 한국 사람들은 식사할 때 숟가락과 젓가락이 필요합니다 .
5. 가게 주인 아저씨께서 제가 잃어버린 지갑을 찾아주었어요 .
6. 가위가 없어요 . 칼로 종이를 자르세요 .
7. 필요한 것이 있으면 언제든지 연락하세요 .
8. 마음에 드는 것을 얼마든지 고르세요 .
9. 제일 좋아하는 연예인이 누구예요 ?
10. 해외 여행을 가서 여권을 잃어버렸어요 . 그런데 경찰 아저씨가
     찾아주었어요 .

▶ 文法練習 → P120

(一) 1. 쥬스나 콜라를 주세요 .
    2. 지하철이나 버스를 타요 .

(二) 1. 몇 병이나 샀어요 ?
    2. 몇 장이나 썼어요 ?

(三) 1. 오 개월이나 출장했어요 .
    2. 삼 일이나 잤어요 .

(四) 1. 비행기표가 없어서 기차나 타고 가요 .
    2. 내일 바쁘기 때문에 지금이나 만나요 .

(五) 1. 어디나 갈 수 있어요 .
    2. 무엇이나 다 좋아해요 .

(六) 1. 영화를 보거나 노래방에 갈까요 ?
    2. 큰거나 작은 것은 다 괜찮아요 .

(七) 1. 그 사람은 가수이거나 배우예요?

2. 언니 ( 누나 ) 가 대학생이거나 대학원생이세요?

(八) 1. 누구든지 다 할 수 있어요 . = 누구나 다 할 수 있어요 .

2. 무엇이든지 다 잘 먹어요 . = 무엇이나 다 잘 먹어요 .

▶ 整理 → P122

(一)

| 化妝品 | 寫；苦；使用 |
|---|---|
| 告知；交待 | 給~找到 |
| 主人 | 地址 |
| 挑選 | 湯匙 |
| 遺失 | 筷子 |

(二) 1. 잃어버렸어요 ; 안에 ; 운전면허증 ; 몰라요

2. 먹든지 ; 말든지 ; 식사

## L17 想要一邊玩一邊賺錢。

▶ 單字 2 → P125

1. 요즘 한국에서 어떤 연예인이 인기가 있어요?

2. 휴지통에 종이컵을 버리세요 .

3. 호텔에서 일하는 오빠는 정말 친절합니다 .

4. 이 단어를 잊어버렸어요 .

5. 언제 태어났어요?

6. 한복을 입고 피아노와 기타를 치는군요 . 정말 신기해요 .

7. 한국에서는 주로 오토바이를 타면서 피자와 치킨을 배달합니다 .

8. 운동 선수는 자전거도 잘 탑니다 .

9. 태어나서 처음으로 오토바이를 탔습니다 .

10. 입구는 들어가는 곳이고 출구는 나가는 곳입니다 .

▶ 文法練習 → P126

(一) 1. 그 사람은 일한지 팔 년이 되어서 이사가 되었어요 .

2. 한국어를 배운지 이 년이 되었지만 아직 잘하지 못해요 .

(二) 1. 아침에 버스를 타면서 음악을 듣고 아침을 먹어요 .

2. TV 를 보면서 숙제를 하니까 어머니가 화가 나셨어요 .

▶ 整理 → P127

(一)

| 親切 | 出生 |
|---|---|
| 職場生活 | 腳踏車 |
| 賺錢 | 機車 |
| 遺忘；忘記 | 人氣 |
| 外送 | 韓服 |

(二) 1. 컴퓨터 회사 ; 공부하면서

2. 온 지 ; 공부한 지

## L18 時間真的過很快嗎？

▶ 單字 2 → P131

1. 우산을 가져가지 않아서 오늘 입은 정장이 비에 젖었어요 .

2. 병실 안에 환자가 누워 있습니다 . 조용히 하세요 .

3. 연예인이 무대 위에서 악기를 연주했어요 . 제 마음에 들었어요 .

4. 제 취미는 음악과 영화를 감상하는 것입니다 .

5. 음악 축제에 참가하려고 참가 신청을 했습니다 .

6. 찜질방에 찜질하러 갔는데요 . 매우 뜨거워서 나왔습니다 .

7. 노래를 부르는 것이 취미인 저는 노래 대회에 참가합니다 .

8. 지난 일요일에 음악 축제가 있었는데요 . 분위기가 정말 뜨거웠습니다 .

9. 조용한 분위기에서 음악을 감상하세요 .

10. 정장을 입은 분위기 있는 남자를 좋아합니다 .

▶ 文法練習 → P132

(一) 1. 한국어로 말하세요 .

　　2. 핸드폰으로 주소를 찾았어요 .

(二) 1. 영국으로 가서 일할 거예요 .

　　2. 백화점으로 가서 쇼핑해요 .

(三) 1. 왼쪽으로 내리세요 .

　　2. 이쪽으로 오면 돼요 .

(四) 1. 기차로 부산에 가요 .

　　2. 비행기로 대만에 왔어요 .

(五) 1. 친구로 많이 화가 났어요 .

　　2. 결혼식으로 요즘 많이 바빠요 .

(六) 1. 가수로 졸업식에 참석할 거예요 .

　　2. 유학생으로 우리 학교에 왔어요 .

(七) 1. 친구가 한국 사람인데 중국어를 잘해요 .

　　2. 내일 일하고 있는데 못 만날 거예요 .

　　3. 날씨가 안 좋은데 왜 밖으로 나가고 싶어요 ?

(八) 1. 가 : 누구세요 ? 나 : 전데요 .

　　2. 가 : 안 가요 ? 나 : 가는데요 .

　　3. 가 : 이건 어때요 ? 나 : 예쁜데요 .

(九) 1. 그 사람은 배우가 되어서 바빠졌어요 .

　　2. 친구가 유명한 사람이 되어서 만나기 ( 가 ) 힘들어요 .

▶ 整理 → P134

(一)

| | |
|---|---|
| 快地 | 演奏 |
| 鑑賞 | 慶典 |
| 參加 | 氣氛；氛圍 |
| 比賽；大會 | 濕 |
| 興趣 | 唱歌 |

(二) 1. 영화 감상 ; 두 장
     2. 축제 ; 음악회 ; 대회 ; 일반인으로

### 綜合練習 4　→ P135

（○）（×）（×）（○）（○）

# 單字索引

## Lesson 3 P030

슈퍼마켓 超級市場
크다 大；高
물건 東西；物品
팔다 賣
진짜 真的
유명하다 有名；著名
우와 哇
과자 餅乾
라면 泡麵
스트레스 壓力
받다 收；接受
쇼핑을 하다 購物
쓰레기통 垃圾桶
물어보다 問問看
아주머니 大嬸；老闆娘
과일 水果
생선 鮮魚
야채 蔬菜
사과 蘋果
포도 葡萄
딸기 草莓
맥주 啤酒
소주 燒酒
치킨 炸雞
쓰다 苦
달다 甜
파 蔥
술 酒
건강 健康
양파 洋蔥

## Lesson 4 P036

덥다 熱
하나도 一點也
사무실 辦公室
춥다 冷
안 裡面；不
밖 外面
감기 感冒
걸리다 得到
괜찮다 沒關係
약 藥
약국 藥局
날마다 每天
옛날 以前
운동장 運動場
우체국 郵局
위층 上層；樓上
아래층 底層；下層；樓下
학생회관 學生會館
서랍 抽屜
오래되다 經過好久
같다 好像；一起
건물 建築物
물 水
높다 高
낮다 低；矮

## Lesson 5 P042

겨울 冬天
여행을 가다 去旅行
스키를 타다 滑雪
서울 首爾

꽤 相當地
멀다 遠
에서 從
까지 到
얼마나 多久
걸리다 花費
쯤 大約
출발하다 出發
말 底;末
폐장 關門;停業
주말 週末
동안 期間
하루 一天
이틀 二天
정도 程度
청소하다 打掃
시험 考試;測驗
가볍다 輕
짐 行李
무겁다 重
무게 重量
침대 床
예약 預約
편안하다 舒服;平安
수영장 游泳池

시험 考試
준비하다 準備
휴가 休假
기간 期間
동안 期間;時候
돌아가다 回去
합격하다 合格
힘내다 加油
식사하다 用餐
고속버스 高速巴士
초등학교 國小
중학교 國中
고등학교 高中
눈사람 雪人
눈싸움 打雪仗
미술관 美術館
음악회 音樂會
바람 風
하늘 天空
구름 雲
불다 吹
스키 滑雪
스케이트 滑冰

### Lesson 7 P055

실력 實力
걱정 擔心
정치 政治
경제 經濟
문화 文化
관심이 있다 有興趣
배우다 學

### Lesson 6 P050

늘다 增加
졸업하다 畢業
유학을 가다 去留學
매일 每天
좋은 학교 好的學校

당연하다 當然
앉다 坐
서다 站
말씀 드리다 告知
공장 工廠
입장료 入場費
요금 費用
과학 科學
수학 數學
신문 報紙
뉴스 新聞
잡지 雜誌
주문하다 點（菜）
숫자 數字
약하다 弱
학원 補習班

**Lesson 8** P060

남부 南部
역사 歷史
유명하다 有名；著名
도시 都市
집 店家
경주 慶州
비슷하다 相似
불국사 佛國寺
석굴암 石窟庵
첨성대 瞻星台
김치 泡菜
웃다 笑
맛있다 好吃
강하다 強

적다 少
작다 小
많다 多
크다 大；高
취소하다 取消
결혼하다 結婚
초대하다 招待；邀請
회원 會員
스포츠 센터 運動中心
가입하다 加入
얼굴 臉蛋

**Lesson 9** P067

야시장 夜市
근처 附近
취두부 臭豆腐
냄새 味道
그렇게 那樣地
오래 很久
계시다 在（敬語）
한번 一次
김치찌개 泡菜鍋
심하다 嚴重
혼자 獨自
향기 香氣
비누 肥皂
행복하다 幸福
조금 一點點
많이 很多；非常
천천히 慢慢地
조심하다 小心
위험하다 危險

지역 地區
멀다 遠
가깝다 近
사이 關係；之間

Lesson 10 P076

뉴스 新聞
야구 棒球
경기 競技；景氣
이기다 贏
지다 輸
아쉽다 可惜
농구 籃球
탁구 桌球
테니스 網球
건강에 좋다 對健康好
스트레스 壓力
달리기 跑步
집안일 家事
치다 打；拍
골프 高爾夫
시다 酸
돌아오다 回來
들어오다 進來
식초 食醋
레몬 檸檬
짜다 鹹
소금 鹽巴
사다 買
싸다 便宜
살다 住
싸게 便宜地
맛없다 不好吃

Lesson 11 P086

자리 位置
치킨 炸雞
삼겹살 五花肉
소주 燒酒
찾다 找
술 酒
먼저 首先
곳 地方
맡기다 交給；寄放
한식 韓式
양식 西式
일식 日式
중식 中式
햄버거 漢堡
콜라 可樂
맥도날드 麥當勞
바닷가 海邊
회 生魚片
식당가 美食街
다양하다 多樣
스파게티 義大利麵
피자 披薩

Lesson 12 P091

공항 機場
부모님 父母
여행하다 旅行
모시다 服侍；侍奉
다니다 來回
효자 孝子
아마도 可能是；應該是
제대로 順利；照舊

준비하다 準備
최고 最棒；最厲害
함께 一起
모으다 收集
지하 地下
예쁘다 漂亮
조용하다 安靜
시끄럽다 吵
시원하다 涼爽
켜다 開
빌리다 借
냉면 冷麵
끄다 關
어둡다 黑暗
꽃다발 花束
깨끗하다 乾淨

다녀오다 回來
계절 季節
떠나다 離開
이사하다 搬家

## Lesson 14 P103

핸드폰 手機
이상하다 奇怪
얼마 多少
짜리 價值
기억이 나다 想起來
기능 功能
정말 真的
다양하다 多樣
매달 每個月
신제품 新產品
바꾸다 換
각자 各自
자주 常常
방법 方法
사용하다 使用
사진을 찍다 拍照
사진관 照相館
새 鳥
날다 飛
산책하다 散步
문제 問題
설명서 説明書
세탁기 洗衣機
생기다 產生
새로 全新
시계 時鐘；手錶

## Lesson 13 P097

맵다 辣
음식 食物
신기하다 神奇
밝다 亮
항상 總是
가장 最
시청 市政府
모임 集合；聚會
동창 同窗；同學
흐리다 流；流逝
맑다 晴朗；開朗
날 日子
요일 星期
장소 場所；地點

실례하다 失禮

논문 論文
컴퓨터 電腦
고장나다 故障
보다 和～比起來
그렇다 那樣
인생 人生
모두 全部；都
고치다 修理
도와주다 給予幫助
청소기 吸塵器
돌리다 轉動
빨래하다 洗衣服
어린이 兒童
어른 長輩；大人
창문 門窗
우산 雨傘
가지고 가다 帶去
운전하다 駕駛
경치 景色
점원 店員
주머니 口袋
주부 主婦
요리 料理

물건 物品；東西
화장품 化妝品
옷 衣服

쓰다 使用
싫어하다 討厭；不喜歡
아르바이트 打工
신경쓰다 在意；費心
마음 心
따뜻하다 溫暖
잃어버리다 遺失
주인 主人
찾아주다 找～給～
길 道路
알려주다 告訴～
칼 刀
종이 紙張
주소 地址
전화번호 電話號碼
숟가락 湯匙
젓가락 筷子
제일 第一；最
필요하다 需要
고르다 挑選

돈을 벌다 賺錢
방법 方法
모르다 不知道
직장 職場
생활 生活
부자 有錢人
이야기하다 說話；聊天
처음 初次；第一次
잊어버리다 遺忘；忘記
친절하다 親切

태어나다 出生
피아노 鋼琴
기타 吉他
한복 韓服
호텔 飯店
선수 選手
휴지통 垃圾桶
자전거 腳踏車
배달하다 外送
오토바이 機車
인기 人氣
입구 入口

축제 慶典
찜질방 蒸氣房

**Lesson 18** P128

유학가다 去留學
빠르다 快
공항 機場
얼마나 多麼
빠르게 快地
젖다 濕
정장 西裝 ; 正裝
병실 病房
연주하다 演奏
노래를 부르다 唱歌
뜨겁다 火熱 ; 燙
취미 興趣
감상하다 鑑賞
악기 樂器
대회 比賽 ; 大會
분위기 氣氛 ; 氛圍
나오다 出來
참가하다 參加

Memo

國家圖書館出版品預行編目資料

一起來學韓國語吧！ 進階 / 柳大叔、邱千育著；
-- 初版 -- 臺北市：瑞蘭國際 , 2016.10
176 面；19 x 26 公分 --（外語學習系列；32）
ISBN：978-986-5639-91-4（平裝附光碟片）
1. 韓語 2. 讀本
803.28                                       105017992

外語學習系列 32

# 一起來學韓國語吧！進階

作者｜柳大叔、邱千育 · 責任編輯｜潘治婷、王愿琦
校對｜邱千育、柳廷燁、潘治婷、王愿琦

韓語錄音｜朴芝英、黃仁奎 · 錄音室｜純粹錄音後製有限公司
封面設計、版型設計、內文排版｜劉麗雪 · 內文插圖｜吳晨華

董事長｜張暖彗 · 社長兼總編輯｜王愿琦 · 主編｜葉仲芸
編輯｜潘治婷 · 編輯｜紀珊 · 編輯｜林家如 · 編輯｜何映萱
設計部主任｜余佳憓
業務部副理｜楊米琪 · 業務部組長｜林湲洵 · 業務部專員｜張毓庭

法律顧問｜海灣國際法律事務所　呂錦峯律師

出版社｜瑞蘭國際有限公司 · 地址｜台北市大安區安和路一段 104 號 7 樓之 1
電話｜(02)2700-4625 · 傳真｜(02)2700-4622 · 訂購專線｜(02)2700-4625
劃撥帳號｜19914152 瑞蘭國際有限公司
瑞蘭網路書城｜www.genki-japan.com.tw

總經銷｜聯合發行股份有限公司 · 電話｜(02)2917-8022、2917-8042
傳真｜(02)2915-6275、2915-7212 · 印刷｜宗祐印刷有限公司
出版日期｜2016 年 10 月初版 1 刷 · 定價｜380 元 · ISBN｜978-986-5639-91-4